Inhalt

FSC
www.fsc.org
MIX
Papier aus ver-
antwortungsvollen
Quellen
Paper from
responsible sources
FSC® C105338

Oktopus

Mcluhan

Das tiefblaue Wasser des Nordatlantiks schaukelte sich gegen die Pfeiler der Plattform.

Von weitem war, wegen dem Wetter, der Lärm des Helikopters nicht zu hören, dessen Ankunft schon lange hier erwartet worden war.

Mcluhan versuchte so stoisch wie möglich auszusehen und die Perlen des Regens einfach abprallen zu lassen. Für Beobachter wirkte sein Unterfangen erfolgreich. Aber im Inneren kochte er wie ein Geysir. Mcluhan war ein vierzigjähriger Veteran, der schon vor langer Zeit gelernt hatte, seinen angeborenen Hitzkopf unter Kontrolle zu halten. Aber jetzt starrte er in das graue Auge des Unwetters, und seine Wut kochte wiederholt hoch. Verdammt hohe Tiere hatten seinen Rat ignoriert, das Treffen zu verschieben. Eine Delegation der

Regierung des Commonwealth, war unterwegs und hatte sich von einer „Wetterwarnung" nicht abhalten lassen.

Anscheinend hatte der Mensch seine Arroganz über die Kräfte der Natur nicht ablegen können.

Mcluhan entstammte einem Geschlecht alter schottischer Seefahrer. Das Erste, was ein Mcluhan lernte, war, nicht gegen den Wind zu pissen. Gleich danach kam die Fähigkeit, einen Sturm zu riechen. In dem grauen Vorhang aus dichtem Regen näherte sich der Helikopter.

Mcluhan konnte zwar nicht das Gesicht des Piloten erkennen. Aber er schwor sich selbst, dessen Gefühle gut zu spüren. Bei diesem verdammten Gegenwind war eine Landung eine Herausforderung, selbst für einen geübten Piloten. Mcluhan wandte sich seiner Linken zu, wo eine andere Gestalt sich befand, aber die konnte seine Fragen auch nicht beantworten.

Das gelbe ungesunde Licht der Lampen schien auf das Wesen.

Es war der Botschafter der Kraken. Einen Namen kannte Mcluhan nicht. Er wusste nicht einmal, ob diese Rasse Namen überhaupt kannte. Für Mcluhan war es ein schlichter Oktopus, der das Denken gelernt hatte. Er hielt nicht viel von seinem Gast, und es war ihm auch herzlich egal, was dieses Wesen vom ihm hielt. Seine Aufgabe war es, sich um die Plattform Persephone zu kümmern.

Die Politik überließ er Politikern und diesem Oktopus, der auch ein Politiker war. Für Mcluhan war es aber dennoch nur ein Tier.

Der Botschafter musste, weil er keine Luft atmen konnte, in einem riesigen Ball hier oben auf der Plattform warten. Der Ball war aus einem transparenten Stoff gefertigt, der zusätzlich mit Sauerstoff angereichert wurde. Zum Fortbewegen schob der Botschafter den Ball mit seinen Tentakeln über die Oberfläche. Im Licht konnte er die Gestalt in dem Ball nur halb sehen. Was auch egal war, denn aus seiner Mimik oder Körperhaltung konnte er gar nichts herauslesen. Nur bestimmt geschultes Personal wusste aus den Gesten eines Oktopus etwas herauszulesen.

Der Dolmetscher der Station war nicht anwesend. Der Botschafter hatte es als unnötig eingestuft.

Mcluhan wandte sich nun dem Helikopter zu, der sich gegen den Wind stemmen musste, um zu landen. Der Landeplatz wurde von einem hellen Kreis Licht markiert. Es war, als wolle ein Riese, der an einer langen Schnur zog, den Helikopter nicht landen lassen.

Schließlich gelang die Landung. Eine Seitenklappe wurde geöffnet. Zwei Gestalten betraten den Tunnel, der auf der Plattform zum Schutz gegen das Wetter errichtet worden war.

Mcluhan schnaufte, als er die beiden Gestalten im weißen Hintergrund des Tunnels auf ihn zurennen sah. Es waren eine Frau und ein Mann. Die Frau war etwas älter, dennoch attraktiv. Ehemalige Frau des Premierministers, der seine Karriere ihr zu verdanken hatte.

Wenn ihn seine Erinnerungen nicht trübten, dann war die Botschafterin des Commonwealth eine wichtige Person der Politik. Eine, bei der Scherze nach hinten losgehen konnten.

Ihr Begleiter war ein notgeiler Absolvent der Diplomatischen Akademie mit besten Kontakten nach oben. Denk daran, das sind hohe Beamte, kein falsches Wort. Mcluhan rief sich diese Worte immer wieder in Erinnerung. Aber etwas anderes machte ihm noch mehr zu schaffen. Es war die fremde Präsenz des Wesens neben ihm. Obwohl ihre Völker schon seit Jahrhunderten Kontakt pflegten, war eine Schwelle niemals überschritten worden. Mcluhan spürte eine mächtige und alte Kraft neben sich. Das verwirrte ihn, weil er diese Kraft einfach nicht verstand. Bald bist du deren Problem, dachte Mcluhan über den Botschafter, als er die beiden neuen Gäste auf der Plattform Persephone begrüßte. Dann ging er in seine Kajüte und machte mit einer Flasche Whiskey für diesen Tag Feierabend. Er war nicht der Intellektuelle, sondern nur der Kommandant einer Station.

Sybille

Sibylle war eine Frau die Karriere gemacht hatte. Dennoch unterspülten die plötzlich kommenden Erinnerungen ihrer Kindheit das Fundament ihres

Selbstbildes. Der ganze Vorgang dauerte nur Sekunden. Für sie waren es aber Stunden.

Sie dachte an die Zeit zurück, als man versucht hatte, diese fremden Wesen im Meer zu verstehen.

Es war eine schwierige Zeit gewesen, wo die Menschen versucht hatten, ihre Kontakte mit einer anderen empathischen Rasse anders zu regeln als durch Krieg.

Ein halbes Jahrtausend waren ihrer beider Kulturen damit beschäftigt gewesen, sich auszulöschen.

Genozid war auf Genozid gefolgt. Krieg auf Krieg. Beide Seiten hatten sich gegenseitig fast ausgerottet. Nur, um sich zu erholen und dann neu anzufangen. Es wirkte aus den Geschichtsbüchern heraus wie ein großes Spiel, was keiner gewinnen konnte und auch nicht wollte. Aus einem perversen Grund heraus.

Die Gesellschaft der Menschen hatte aus dieser Geschichte heraus versucht, sich zu verändern.

Anstatt um diesen Planeten Krieg zu führen, versuchte man, mit den Kraken zu kommunizieren.

Was davor keiner gewagt hatte. Sybille war, als eine der ersten Generationen, in diesen Friedensbemühungen aufgewachsen.

Unter ihr lag die Landeplattform von der Station Persephone wie ein Schatten im Schatten. Wie eine alte mächtige Festung wirkte sie.

Es war dieser Ton. Früher, das Gebrüll nach Krieg. Nach Ausrottung. In ihrer Kindheit war es, als sich der Wind gedreht hatte. Der Wind der Geschichte. Sybille dachte an ihren Großvater, der diesen Konflikt am besten für sie dargestellt hatte.

Er war schon ein alter Mann gewesen, als sie noch ein ganz junges Mädchen gewesen war.

Ein altes Relikt, wie ein moosbewachsener Monolith. Ihr Vater hatte ihr erzählt, dass er schon lange vor seiner Zeit alt geworden war. Mit den Jahren sei nur seine Kauzigkeit dazugekommen.

Ein Gespräch mit ihrem Großvater war ihr am deutlichsten in ihrem Gedächtnis haften geblieben.

Sie hatte für einen Schulaufsatz gearbeitet. Ihr Platz war die helle Ecke in der Küche gewesen, den sie so geliebt hatte. Fleißig hatte Sybille über das Ende des letzten Krieges geschrieben. Bis ihr Großvater davon Wind bekommen hatte. Wie eine Urgewalt war er in das Zimmer gestürmt gekommen, von den Eltern mühselig aufgehalten.

„Die will was von dem Krieg lernen, dann lasst sie mich lehren. Lasst mich, lasst mich."

Dann hatte er gebrüllt, wie brutal Kraken waren. Wie stark ihre Glieder.

„Sie hatten niemals Erbarmen für uns. Ein Krake umschließt dich, bricht deine Knochen. Und tötet dich."

Später in der Nacht war er in ihr Zimmer geschlichen und hatte sie sanft geweckt.

In ihre Müdigkeit hinein hatte er erzählt. Aber nicht von dem Krieg. Sondern von einer anderen Geschichte. Als junger Mann hatte er einmal einen Tauchgang unternommen. Nur wenige Meter über dem Riff, wo er getaucht hatte, war er von einem Kraken attackiert worden.

„Ich habe ihn nicht provoziert. Aber er hat mich angegriffen. Nur damit du mich richtig verstehst, es war ein wilder Krake. Keiner von denen, die ihr als schlau bezeichnet. Aber bitte glaube mir eines, ich bin nicht hasserfüllt, wie deine Eltern glauben wollen. Wir Primaten, und was anderes sind wir Menschen nicht, haben mehr Erfahrung, uns abzuschlachten als die Tintenfische. Aber sie haben dazugelernt. Auch, zu hassen. Deswegen vertraue ich ihnen nicht."

Plötzlich war Sybille wieder im Hier und Jetzt. Gerufen von einer Stimme.

Es war der Helikopter-Pilot, der ihnen mitteilte, dass sie zur Landung ansetzten. Auch, dass sie nicht sehr sanft sein würde. Der Pilot fluchte nicht, aber Sybille konnte seinen Ärger deutlich spüren. Keiner war von dieser Mission begeistert. Am wenigsten Sybille selbst. Aber die Mission war wichtig. Unendlich wichtig sogar. Sybille dachte, wie bei jedem Besuch, über die vorangegangenen Male, wo sie auf Persephone gewesen war. Ein Gefühl verging niemals.

Das Gefühl der Fremdartigkeit, das man in der Nähe der Kraken empfand. Man hatte nicht das Gefühl, mit einem Tier zu reden. Es gab nämlich nichts, an das man mit diesen Wesen anschließen konnte. Sybille dachte daran, dass es nicht nur an biologischen Gründen lag. Die Kraken schotteten ihre Welt unter Wasser ab. Niemals war einem Menschen ihre Kultur vor Augen gekommen.

Das beweist wenigstens, dass sie ihre Gesellschaft schützen wollen, dachte Sybille. Oder auch, dass sie paranoid waren. Sie seufzte innerlich und sah zu ihrem Assistenten Ian hinüber, der wahrlich schon bessere Zeiten gesehen hatte. Sein Erwachsensein wurde durch seine verkrampfte Körperhaltung verneint. Er wirkte wie ein großmäuliger Junge, der in der Achterbahn vor der erste Kurve schon ganz weiß geworden war.

Ian war ihr Dolmetscher. Man unterhielt sich mit den Kraken in Form einer Gebärdensprache.

Der Botschafter brauchte keinen Dolmetscher. Er war der Einzige seiner Spezies auf der Station.

Das grelle Licht der Scheinwerfer der Plattform wurde durch die Seitenfenster sichtbar. Sybille konnte den Tunnel sehen, den man auf der Landeplattform errichtet hatte, um sie vor dem Wetter zu schützen. Das konnte sicher nicht

Mcluhans Einfall gewesen sein, obwohl es natürlich
auf seinen Befehl hin geschehen war. Sie wusste von
seiner Abneigung ihr gegenüber. Nicht nur weil sie
eine Frau war, sondern auch, weil sie für die
modernen Ideen stand, die Mcluhan selbst so
ablehnte. Nur irgendein Gott wusste zu sagen,
warum ausgerechnet so ein Reformverweigerer
diesen Posten bekommen hatte. Sybilles Aufgabe
war dadurch natürlich nicht leichter geworden. Ganz
im Gegenteil.

Der Hubschrauber presste sich mit seiner ganzen
Kraft gegen den Sturm und konnte schließlich
landen. Sybille merkte selbst die Wut der Elemente,
als sie in den Tunnel hüpfte und nur wenige
Sekunden vom Sturm berührt worden war. Im
Kunststofftunnel hörte sich sein Brausen wütend an,
weil er zuerst den Hubschrauber nicht daran hatte
hindern können, durch sein Reich zu fliegen,
sondern weil ihm auch diese Frau und ihr Begleiter
als Opfer genommen worden waren.

Ian hakte sich freundschaftlich bei ihr ein, was ihren Mut ein wenig hob. Nicht viel, aber die Illusion dieser Sicherheit reichte ihr. Ihr Protegé Ian war gerade erst zwanzig Jahre alt. Aber doch der Beste für diese Aufgabe. Obwohl es eigentlich Höher- und Niedriggestellten des diplomatischen Corps nicht wirklich geziemte, waren doch beide so etwas wie Freunde geworden.

Auf Persephone waren die Dinge etwas anders, weil auch die Aufgaben sich als von etwas anderer Natur gestalteten. Ian beschwerte sich, dass er einen neuen Magen brauchte. Sybille gestattete sich dadurch einen kurzen Ausflug in andere Gedanken. Weg von den Problemen, die sie unentwegt beschäftigten. Die Lage, in der sich die Menschen befanden, war wieder ein Stück weit gefährlicher geworden. Der Angst vor einem neuen Krieg wurde wieder neue Nahrung gegeben, obwohl dieser Frieden doch so lange gehalten hatte. Sybille hatte den Grund ihrer Mission niemanden verraten dürfen. Auch Ian wusste nichts davon. Aber die Kraken hatten ein System aus orbitalen Waffen errichtet. Mit diesem Waffensystem konnten die menschlichen militärischen Ressourcen nicht mithalten. Sybille wurde mulmig bei dem Gedanken, wie groß die Panik bei dem Oberkommando und dem Premierminister gewesen sein musste. Denn Sybille war es natürlich gewohnt gewesen, bei Aktionen des Geheimdienstes, wo oft verschiedene Tätigkeiten kollidierten, nur soweit eingeweiht zu werden, wie es notwendig war. Diesmal war sie aber während einer Sitzung vom Premier persönlich informiert worden. Ihre Aufgabe war es, so schnell wie nur möglich mit der Regierung der Kraken in Kontakt zu treten. Eine Ära des Friedens drohte zu Ende zu gehen. Und auf ihren Schultern lastete eine so große Verantwortung. Da hast du dir aber echt ein gutes Blatt geben lassen, altes Mädchen, dachte Sybille bei sich.

Sie traten aus dem Tunnel und Sybille und Mcluhan begrüßten sich obligatorisch, mit passend falschem Lächeln. Sag mir, was hier los ist, sagten die Augen des alten schottischen Seebären über den tiefen Tränensäcken. Sybille ignorierte den Blick und widmete sich dem großen Ball, der neben Mcluhan wartete. Fast würde es witzig aussehen, ein roter Krake in einem durchsichtigen Fußball. Aber ein Blick auf die Kreatur darin machte jeden Spott sofort zunichte. Die Haut des Kraken schien leicht zu fluoreszieren. Vorsichtig streckte sie die Hand nach dem Ball aus. Der Botschafter berührte mit einer Tentakelspitze die Außenhaut des Balles. Beide Extremitäten wurden nur symbolisch ausgestreckt, aber es sollte den Versuch untermalen, dass beide Völker den Dialog anstrebten. Hoffentlich funktioniert es, dachte Sybille und betete.

Mcluhan

Die Schlampe hatte nichts zu ihm gesagt. Warum sollte sie auch. Frau Botschafterin war ja nicht dazu verpflichtet, ihn einzuweihen, worum es bei diesem ganzen Affenzirkus so ging. Ihn, einen Veteran der Marine. Er tanzte mit seiner Flasche Scotch durch sein Zimmer. Er hörte sich Musik von früher an, als er noch ein junger Mann gewesen war und diese Musik modern gewesen war.

Er tanzte aber nicht, um Spaß zu haben, sondern um wütend zu sein, deswegen trank er auch.

Die Flasche enthielt die Farbe von Bernstein und segelte in sanften Bewegungen durch die Luft.

Er tanzte Walzer, ohne Walzer zu hören. Er wusste natürlich, dass sie ihm aufgrund von Geheimhaltung nichts sagen konnte. Im aktiven Dienst hatte er sich auch an diese Spielregeln halten müssen. Das war ein erhabenes Gefühl gewesen, nur so viel wissen zu müssen, wie man gebraucht hatte, um seinen Einsatz erledigen zu können. Nur Generäle in dunklen Konferenzsälen, über beleuchtete Karten gebeugt, sahen die ganze Schweinerei vor sich.

Los Mcluhan, segle dahin und kämpfe!

Segle dorthin und sehe zu, wie dein ganzes Schiff von einer Waffe der Kraken in tausend flammende Fetzen zerschossen wird. Sehe zu, wie deine Freunde ertrinken. Er sah sich im Spiegel und schüttelte mit verbissener Miene seinen Kopf. Nein, ihm konnte man nichts sagen.

Er war nur der Pförtner dieses Scheißhauses auf dem Atlantik. Mcluhan hätte dankbar sein sollen für den Posten, den er innehatte als Kommandeur dieser Station. Was er in seinem Alkoholdunst nicht wusste und auch niemals erfahren sollte, war, dass diese Stationierung als Belobigung für seine Dienste gedacht gewesen war. Die Admiralität des Commonwealth hatte an die klassische Strategie des „zwei Fliegen mit einem Schlag töten" gedacht. Sie hatte einen erfahrenen Mann dort sehen wollen, aber auch einen Hardliner der alten Schule, um ein Zeichen zu setzen für eine neue Politik. Leider war die Ehrung nur niemals als Ehrung von Mcluhan verstanden worden und seine Vorgesetzten waren über die Ausmaße seines Konservativismus nicht sehr gut im Bilde gewesen. Er würde sich schon in seine Rolle einfinden. Hatte man geglaubt.

Emanzipierte Knechte, Friedensapostel, Krakenfreunde, Scheißkerle, mit all diesen Kosenamen bedachte er seine Vorgesetzten. Was waren das noch für Zeiten gewesen, oder was müssen das für Zeiten gewesen sein, als die Menschen noch die Einzigen waren. Die einzige denkende Spezies. Er fuhr sich mit der Hand in seine Unterhose und kratzte sich mit Hingabe und genüsslich den Arsch.

Die Flasche wurde mit nach hinten gehobenem Nacken angesetzt und der brennende Inhalt in die durstige Kehle geleert. Er hatte diese Zeit nicht erlebt. Aber wie es für seine Vorfahren gewesen sein musste, den Planeten nur für sich zu haben. Wie mag das wohl sein? Neben seinem Spiegel lag eine Bibel. Er wusste die passende Stelle nicht mehr, also verließ er sich auf sein Glück. Er erschuf den Menschen nach seinem Ebenbild, stand auf der Seite, die er wahllos aufgeschlagen hatte.

Das war die Stelle, lange hatte er wirklich nicht suchen müssen. Wir Menschen sind Gottes Kinder. Uns hatte er erschaffen. Uns hatte er aus dem Paradies verstoßen. Wie passten da Kraken in das Bild? Er setzte sich und zerbrach sich den Kopf, der eigentlich darauf eingestellt worden war, wütende Gedanken auszuspeien. Metaphysik überstieg bei weitem seine Möglichkeiten. Aber er kehrte dann doch bald zum Hass zurück. Er hatte nämlich genug davon. Gott wird uns wohl diese Drecksviecher auf den Hals gehetzt haben. Ihnen war dieser Verstand eingebläut worden. Als Strafe. Wenn er könnte, würde er dieses ganze Dreckspack vernichten. Aber er konnte es nicht.

Aber saufen, das konnte er.

Sybille

Die Schritte der Botschafterin sagten mehr aus, als es Worte hätten tun können. Sie war aufgeregt. Das Satellitenwaffensystem der Kraken war eine ernste Bedrohung. Außerdem erschwerte es die Gespräche zwischen ihren Völkern erheblich. Es war nie über Abrüstung verhandelt worden. Das war auch so ein leeres Feld, über das beide Völker schwiegen. Diese Feindseligkeit des jeweils anderen erzeugte noch eine andere Barriere, nämlich Misstrauen.

Deswegen war das Projekt Persephone auch so wichtig, das wusste Sybille. Vor wenigen Jahrzehnten wären wieder Raketen gestartet worden. Wie schon so oft zuvor.

Der Bereich auf der anderen Seite der Scheibe war noch immer leer.

Kraken ließen sich Zeit, das wusste Sybille nur allzu gut. Auch, dass die Verhandlungen wieder eine Ewigkeit in Anspruch nehmen würden. An diesem

Abend würde Sybille die Botschaft ihrer Regierung überbringen.

Der Botschafter der Kraken würde diese Nachricht empfangen und dann seiner Regierung weiterleiten. Persephone war die einzige Kontaktmöglichkeit überhaupt zwischen den Völkern.

Die Regierungen sprachen nur durch ihre jeweiligen Botschafter. Man brachte sich zwar schon lange gegenseitig um, aber über die Welt des anderen war kaum etwas bekannt. Vor allem die Kraken schotteten ihre Welt total ab.

„Heute lassen sie sich aber wieder viel Zeit." Sybille warf wieder einen Blick durch die Scheibe. Ian konnte als hilflose Antwort nur ein Schulterzucken anbieten. Sybille nickt grimmig. Ja, das wusste sie nur zu gut über diese Unart der Kraken, den anderen so lange warten zu lassen.

Persephone diente als Konferenzzimmer in nautischer Tiefe. Es standen Räumlichkeiten zur Verfügung, die Menschen oder Kraken verwenden konnten. Der zentrale Raum, in dem sich Sybille und Ian befanden, war von einer dicken Panzerscheibe geteilt. Die eine Hälfte, die des Botschafters des Kraken, war überflutet.

Zwei graue Kraken schwammen in diesen Bereich hinein. Zwischen sich trugen sie eine Art von Podest. Sie stellten es ab und verschwanden wieder. Sofort folgte ihnen der rote Krake.

Er war deutlich größer als seine Artgenossen. Seine Bewegungen waren gemächlich, als würde er einen Spaziergang tätigen. Er setzte sich auf das Podest, worauf sich Ian parallel dazu vor die Scheibe stellte. Der rote Krake blickte Ian an und begann mit seinen Tentakeln zu reden.

„Willkommen", sagte Ian, hielt seinen Blick auf den Kraken fixiert. Sybille verneigte sich leicht als Zeichen des Respektes. Sie musste sich daran zurückerinnern, wie schwer es ihren Vorgängern gefallen war, sich auf dieses Protokoll mit den Kraken zu einigen. Was nicht nur an den Verständigungsschwierigkeiten gelegen hatte. Sondern auch an der Arroganz der Meerestiere. Die Kraken hatten ein strenges Kastenwesen. Um der hohen Position des Botschafters in dieser Zeremonie Rechnung zu tragen, saß er auf diesem Podest. Sybille aber nicht, weil sie ja naturgemäß nicht zu der hohen Kaste des Krakenbotschafters gehören konnte und deswegen stehen musste. „Ich wünschte der Grund unseres Treffens wäre ein fröhlicher, Herr Botschafter."

Sybille sah dabei zu, wie Ians flinke Gesten ihre Worte in Bewegungen verwandelten. „Wir sind gekommen, um den Sorgen unserer Regierung des Commonwealth Ausdruck zu geben."
Sybille nahm etwas aus ihrer Aktentasche und hielt es so in der Hand, dass es der Botschafter der Kraken in Ruhe beobachten konnte. Sybille sah, wie der Botschafter seinen Kopf neigte, um die in Leder gebundene Mappe besser sehen zu können. Trotz der Jahre im diplomatischen Dienst bekam sie immer noch eine Gänsehaut. Mit dem Podest vor sich, wirkte sie wie eine Bittstellerin eines tributpflichtigen Volkes. In der Ledermappe befand sich die Protestnote ihres Premierministers. Sie öffnete die Mappe und zeigte den Inhalt. Neben ihr war eine kleine Schleuse in das Panzerglas eingebaut worden, um Gegenstände von der einen Seite zu der anderen geben zu können. Sybille schob die Lade aus Metall zu. Ein grauer Krake kam eiligst herbeigeschwommen und fischte die Mappe aus der Lade. Nach einem kurzen Blick hinein, gab der

Botschafter wieder Zeichen. „Ich habe die von Ihnen gebrachte Nachricht studiert. In der Tat kann ich Ihre Sorgen verstehen. Auch unsere Regierung kann Ihre Angst nachvollziehen. In umgedrehten Rollen würde unser Volk genauso reagieren wie das Ihre. Aber unser System im Orbit dient nur der reinen Verteidigung. In Wahrheit erhöhen wir damit gar nicht unsere militärische Schlagkraft. Dieses System soll ältere Defensivsysteme ersetzen. Für was sich meine Regierung aber entschuldigen muss, ist die Tatsache, dass wir die Menschen über unsere Pläne hätten informieren müssen. Das haben wir nicht getan, und das tut uns leid.“

Sybille musste sich eine Grimasse verkneifen. In ihren Informationen stand deutlich, dass dieses Satellitensystem vor allem eine Waffe für den ersten Schlag war. Naturgemäß hatten die Kraken nichts davon publik werden lassen, um den Überraschungsmoment nutzen zu können. Das wusste Sybille, das wusste der Botschafter und beide wussten, dass es der andere auch wusste. Aber so ging nun einmal das Spiel. Aber natürlich war es auch eine Frage der Definition, wann eine Waffe eine Defensiv- und wann eine Offensivwaffe war. Genau bei dieser Frage musste Sybille ansetzen.

„Herr Botschafter, das mag schon sein. Aber der Rat des Commonwealth muss dennoch entschieden die Intentionen zur Installation dieses Waffensystems hinterfragen. Außerdem soll ich darauf hinweisen, dass von Seiten des Commonwealth schon über Jahre hinweg Provokationen mit ähnlichen Waffensystemen unterlassen worden sind. Wir fordern, dass Sie diese Waffe demontieren.“

Sybille hatte sich schon auf einen langen, zähen und ermüdenden Verhandlungsmarathon eingestellt. Aber die Reaktion des Botschafters sollte sie überraschen. Der rote Krake erhob sich abrupt und schlug wie ein energischer Richter auf sein Podest. „Das kann ich so nicht stehen lassen“, übersetzte Ian.

„Es ist wahr, dass es schon lange keine offene Aggression der Menschen gab. Aber wir wissen, dass die Menschen heimlich Waffen bauen und unser Vertrauen missbrauchen.“

Ja, genau wie ihr, seufzte Sybille tief in ihrem Herzen. Können wir nicht mit offenem Visier kämpfen? Aber das ging wohl nicht. „Von welchem Vertrauensbruch sprechen Sie? Die Regierung des Commonwealth verfolgt schon seit Jahren eine reine

Friedenspolitik. Wir haben kein Interesse am Krieg. Deswegen bitten wir Sie ja auch, um die Deaktivierung der Waffe.“

Sybille versuchte einen Tanz auf dem Drahtseil. Ihr Ziel war es, mit Fingerzeigen auf die offene Aggression der Kraken von den geheimen Militäroperationen der Menschen wegzulenken.

In der Tat war auch die Protestnote ein gewagtes Spiel, denn sie war ein diplomatisches Unikum.

Noch nie hatte eine der beiden Regierungen offen um Abrüstung gebeten. Aber die Kraken hatten den Rüstungswettlauf momentan für sich entschieden. Es war zwar nett, über Frieden zu reden, aber nicht mit einem militärisch überlegenen Feind. Dem musste man in den Hintern kriechen.

Sybilles undankbare Aufgabe war, eben dieses Zeichen von Schwäche nicht wie eine Schwäche aussehen zu lassen. „Sie bedrohen uns ohne Grund. Damit auch Ihre eigene Existenz. Wollen Sie, dass es so wie früher ist, wo nur die Waffen sprachen? Wir können und haben die Mittel, Probleme auf andere Art zu lösen.“ Ian machte ein leichtes Zeichen mit der Hand. Ian signalisierte damit, wie gereizt der Botschafter schon geworden war. Seine Haut schien an manchen Stellen dunkler zu sein. An anderen brannten sie in einem glühenden Rot.

Ein kleiner grauer Krake brachte eine Tafel, die der Botschafter an sich riss.

„Weil wir gerade von Vertrauen reden. Kennen Sie diese auf diesem Bild dargestellte Anlage? Versuchen Sie, es nicht zu leugnen."

Der graue Krake hielt die Tafel an die Scheibe. Sybille erkannte eine Luftaufnahme von einer industriellen Anlage. Aber Sybille erkannte bei bestem Willen nicht, was der Botschafter meinte.

Schnell nahm sie ihre Façon wieder an. „Ich erkenne diesen Komplex nicht. Was wollen Sie damit bezwecken, wenn Sie mir dieses Bild zeigen?"

Kraken konnten nicht brüllen. Das galt auch für den Botschafter. Kraken waren würdevolle Wesen, die Wert auf ihre Etikette legten. Doch diesmal verwandelte sich der Botschafter in ein wildes Tier. In eines, das aus einem Roman von Jules Verne hätte stammen können. Sybille sah, wie der rote Krake auf der anderen Seite gegen das Panzerglas schlug. Er schoss in die Höhe und dann wieder nach unten und stürzte sich auf das Podest. Er begrub das Möbel unter seinen Gliedmaßen und seinem Körper, als wäre es eine Beute. Das war nicht gespielt, nicht geschauspielert, dachte Sybille.

Aber was hatte ihn so in Rage gebracht. Was war auf diesem Bild?

„Bitte, Herr Botschafter, beruhigen Sie sich doch. Ich weiß sonst nicht, was ich tun kann."

Ian übersetzte ihre Worte, doch sie zeigten keine Wirkung. Sie schickte ihren Dolmetscher hinaus, um zu telefonieren. Sie brauchte dringend Instruktionen, was überhaupt hier los war.

Als Ian ging, blieb Sie mit einem wütenden Tier hinter der Scheibe zurück.

Der rote Krake wirkte wie ein fortschrittliches Wesen, das seine Evolution vergessen hatte. Der Krake schwamm in einem engen scharfen Kurs durch das Zimmer. Seine Haut wechselte in einem grellen und dann wieder finsteren Farbenspiel seinen Ausdruck. Sybille hatte noch nie so viele Facetten der Farbe Rot gesehen. Er kam ihr so vor, als wäre dieses Hin-und-her-Schwimmen das Gegenstück zum menschlichen Im-Zimmer-Herumgehen. Wenn sie einen Blick auf das Bild der Anlage warf, das ihr der Krake gezeigt hatte, wusste Sybille nicht zu sagen, was stärker in ihr tobte. Ihre Angst oder Ihre Wut. Man hatte ihr versichert, dass sämtliche zur Verfügung stehenden Informationen übermittelt worden waren. Offenbar doch nicht. Irgendwo war ein schwerwiegender Fehler passiert. Verdammte Geheimhaltung, verdammte Idioten. Die Bewegungen des Kraken waren ruhiger geworden.

Wie ich wohl auf dich wirke?, dachte Sybille und versuchte, sich diesen Anblick vorzustellen.

Siehst du mich wie einen behaarten Affen?

Gerne hätte sie eine der Städte der Kraken einmal gesehen. Wir wissen so wenig voneinander. Wird sich das jemals ändern? Der kleine graue Krake kam wieder herein und stellte etwas auf.

Es wirkte ein altes Grammophon, ein Apparat, mit dem man zu Beginn des zwanzigsten Jahrhunderts Aufnahmen abspielen konnte. Der rote Krake sank durch das Wasser zu Boden und vor diesen Apparat nieder. Interessiert trat Sybille wieder an die Scheibe an. Der Krake betätige etwas an dem Apparat und Sybille konnte zu ihrer Überraschung eine mechanische Stimme sprechen hören. „Ihr Dolmetscher ist noch nicht hier. Aber wir sollten dennoch weiterreden. Sie können ganz normal sprechen. Ich kann Ihre Worte auf jeden Fall verstehen."

Sybille nickte. Sie hatte verstanden, aber ohne Ian fühlte sie sich nur halb so stark.

„Der industrielle Komplex auf diesem Bild wurde von einem unserer Spionagesatelliten entdeckt. Er befindet sich auf der Halbinsel Yucatan. Man erkennt es zwar nicht, weil es als zivile Einrichtung getarnt wurde. Aber dieses Bild zeigt eine militärische Anlage."

Sybille versuchte, etwas auf dem Bild zu erkennen, was die Worte des Botschafters bestätigte oder Lügen strafte. Aber sie sah einfach nur eine Fabrik. Der Botschafter unterbrach ihre Gedanken.

„Diese Basis dient dazu, hochtoxische Gifte in die Meere zu leiten. Ihre Rasse hat ein sehr wirkungsvolles Gift entwickelt. Es tötet nur unsere

Bürger. Lässt aber die Flora und Fauna der Meere unangetastet." Sybille hörte zwar nur eine metallene Stimme. Eine, die nicht in der Lage war, ein Gefühl zu übermitteln. Aber sie glaubte dennoch, ein Beben darin zu spüren. Das Beben einer Wut, die Fassungslosigkeit in sich barg.

Das war aber nicht die Wahrheit, dachte Sybille. Nur Propaganda, nichts als Propaganda.

Verletzlichkeit konnte sie auch spielen. „Herr Botschafter, ich kann Ihnen versichern, dass ich von dieser Anlage nie etwas gehört habe. Ich unterstelle Ihnen keine falschen Absichten. Aber ich muss Sie darauf hinweisen, dass Ihre Informationen fehlerhaft sind."

Der Krake hob etwas zur Antwort in die Höhe. „In dieser Phiole befindet sich eine Probe von diesem Gift. Wenn Sie möchten, demonstriere ich Ihnen die Wirkung dieses Stoffes."

Sybille legte den Kopf zur Seite und kniff die Augen zusammen. In dem kleinen Glasrohr befand sich ein violettes Pulver. War das eine Finte? Aber eine Finte wofür? Sie brauchten doch gar nicht zu bluffen. Wozu, aus einer Position der Stärke heraus?

„Bei allem Respekt, erwarten Sie jetzt, dass ich reumütig auf die Knie sinke. Sie haben uns Menschen ein falsches Spiel unterstellt. Woher soll ich jetzt wissen, ob das ganze Spektakel keine einzige große Lüge war?" Sie dachte, der Botschafter würde wieder seine Fassung verlieren. Ein grauer Krake nahm die Phiole an sich und schwamm aus dem Raum. „Ich glaube Ihnen. Ich glaube Ihnen Ihre Unwissenheit. Sie lügen nicht. Aber ich glaube Ihrer Art nicht mehr. Wir haben das Gespräch Ihres Dolmetschers abgehört. Ihre Regierung befiehlt, alles zu vertuschen und zu leugnen. Wie wir es erwartet haben."

Ein Gas begann den Raum zu füllen. Sybille blieben die Worte im Halse stecken, als sie den weißen Rauch sah. Die mechanische Stimme sprach weiter. „Ich weiß, Sie haben Angst, aber versuchen Sie sich nicht zu wehren. Das ist reines Betäubungsgas."

Egal was es war, Sybille rannte zu der Tür, die verschlossen war. „Wir wollten ein letztes Mal mit dem Menschen kooperieren. Wir wollten ein letztes Mal mit ihrer Art das Gespräch suchen. Sie sollten wissen, dass der Einsatz unseres Waffensystems schon längst beschlossen wurde. Wir haben diesem

Treffen nur zugestimmt, um die Menschen ein letztes Mal zu testen. Sie haben versagt." Sybille hörte gar nicht zu. „Lassen Sie mich hier raus. Das bedeutet sonst Krieg."

„Wir haben schon Krieg", antwortete die Stimme ruhig, so dass es ihr eisig den Rücken hinunterlief. „Keine Sorge, Ihnen wird nichts geschehen. Auch Ihrem Mitarbeiter nicht. Ich habe mich für Sie beide eingesetzt, Ihr Leben wird verschont. Sie und die anderen, die wir ausgewählt haben, werden Denkmäler für Ihre Rasse werden. Die Menschheit wird weiter bestehen. Aber Ihre Kultur werden wir vernichten."
Damit verlor Sybille das Bewusstsein.

Mcluhan

Der Schotte fiel unbegabt aus seinem Bett auf den Metallboden seiner Kajüte.

Daneben lag ein weicher Teppich. Ein saures Grummeln kam hinter dem verschwitzten Fleisch seiner Arme empor. Mit Mühe erhob sich Mcluhan, der nur eine Unterhose trug.

Ein Blick auf den Pegelstand einer Scotchflasche, die neben seiner Nachttischlampe stand, wurde mit einem Stöhnen quittiert. Er nahm den Rest seines Sandwiches und stopfte es sich in den Mund.

Alles hatte in seinem Maul aber keinen Platz, deswegen ragte ein Gutteil der Speise wie ein Fangarm heraus. Stöhnend trat er aus seiner Kabine und wollte sich erst einmal von der frischen Meeresluft aufwecken lassen. Das Schlagen des Wellenganges und der kalte Wind umschlossen ihn. Zuerst sog er kräftig frische Luft ein. Dann blickte er sich kurz verstohlen um, ob ihn keiner sehen konnte. Mit einem breiten Grinsen zog er seine Unterhosen aus und stellte sich nackt in den Wind.

Dann hörte Mcluhan ein festes Donnern und öffnete die Augen. Er sah nicht den blauen Himmel oder die Röte des Tanzes der Sonne. Er sah rotes und oranges Licht in einer Intensität, dass es in seinen Augen brannte. Fast war es, als würde der Horizont Farbe weinen. Aber das tat er nicht.

Der Horizont brannte, so weit Mcluhan sehen
konnte. Und er wusste warum. Jeder Tropfen
Alkohol war verschwunden. Er war so nüchtern wie
noch nie in seinem Leben. Der Grund war, dass die
Kraken seine Welt, die Welt der Menschen,
angezündet hatten.

Am Ende kam das Licht

Die Stadt war tot. Die Häuser erinnerten an Schatten, so stark war das Feuer gewesen.

Ein heller Blitz, der Augen zerschneiden konnte, danach eine Druckwolke, die alle Töne und Geräusche erdrückt hatte, waren dem Feuer vorangegangen.

Auf der Straße fegte nur noch der heiße Wind. Aber er reiste nur noch durch leere Gassen. Fegte nur noch zwischen den verbrannten Ruinen, geschmolzene Klumpen stellten sich ihm in den Weg. Das waren einmal Fahrzeuge, oder sonst was gewesen. Oder etwas Lebendiges. Was passiert war, ist egal. Es war passiert und das reichte. Niemand stellte noch Fragen, wie, warum und wieso.

Ganze Bibliotheken hatten diese Fragen gefüllt. Aber deren Bücher waren verbrannt oder die technischen

Datenträger zu einer obsidianartigen Schlacke zusammengeschmolzen.

Kein Eroberer war gekommen, um eine Fahne zu hissen. Keine Ressource war beansprucht worden. Der Grund für das alles war genauso verbrannt wie das Leben.

Ein Leben wollte dann doch nicht vergehen. Wenn der heiße Wind hätte hören können, hätte er in diesem Augenblick neben seinem Rauschen ein Kreischen gehört. Ein Kreischen, das am Trommelfell zerrte, bis es taub wurde. Das sich in den Verstand bohrte, ohne Gnade.

In dem blutig-orangen Licht der Gasse dehnte sich der Schatten einer gekrümmten Gestalt. Sie bewegte sich ruckartig, wie eine Puppe, die man zu hastig an den Schnüren zog.

Es kreischte wieder, doch es war weiter und niemand war da, der verstehen konnte, ob es nur aus purem Schmerz diese Töne ausstieß. Der Gang, der war auch nicht gerade. Mal schlingerte der Weg von einer Straßenseite zu der anderen. Mal stützte es sich auf den Händen ab und ging auf allen vieren.

Ein Gurgeln kam aus der Kehle, heiser und unfähig, Worte zu bilden. Es griff sich an die Kehle, weil es nicht verstehen konnte, warum es nicht sprechen konnte. Müde kämpfte es sich schwankend weiter und musste aufpassen, nicht auf den Boden zu prallen.

Die Kreatur war eine junge Frau. Die nackten Füße beendeten ihre Reise. Weil sie nicht wusste, wohin sie gegangen war. Ihre Gestalt schwankte leicht in dem Wind. Sie hatte Mühe, das Gleichgewicht zu halten. Ihre Augen bewegten sich von der Häuserflanke links von ihr zu der Häuserflanke rechts von ihr. Keines dieser Gebäude schien ihr auch nur entfernt bekannt vorzukommen.

Noch war ihr Körper in der Gnade des Schocks, den er durchgemacht hatte. Aber bald würde sie vor Schmerzen schreien. Die Hälfte ihres Gesichtes, mit dem Auge, war zu einer Konsistenz von erkaltetem Wachs geschmolzen. Ihr letztes Auge strahlte seltsam hell und blau. Sie erkannte nichts wieder und tastete sich deswegen vorsichtig mit den Füßen vorwärts.

Sie wusste nicht mehr, was passiert war.

Blumen, sie konnte sich an Blumen erinnern und an eine seltsame Helligkeit eines Raumes. In dem Raum hatte sie auch ein Lächeln gesehen. Einen Schlag ihres Augenlids später war sie auf der Straße aufgewacht. Ein Hilferuf wollte aus ihrer Kehle kommen. Aber es kam nur wieder dieser kreischende Ton, der sie erschrocken abbrechen ließ.

Eine Hand berührte ihren Hals, so als wäre er etwas Fremdes, das aus ihrem Körper gewachsen war. Der Druck ihrer Hand am Hals tat weh, deswegen lockerte sie ihn. Aber dabei spürte sie die ersten Auswüchse der Verbrennungen, die an ihrer Kehle anfingen. Sie fuhr mit ihren Fingern die Wunden entlang. Ihre Finger malten ein dunkles Bild von ihrem Gesicht. Aber erst als die geschmolzene Geschwulst ertastet wurde, die die Augenhöhle verschloss, kam die Gewissheit mit grausamer Härte. Was war passiert, was war mir ihr passiert?

Hinter ihr, nicht unweit, erschütterte etwas die Erde. Die Gebäude vibrierten und dröhnten.

Sie schleppte sich zu einer Wand, die unter einem weiteren Schlag erbebte. Sie legte den Kopf in den Nacken und blickte an den Flanken des Gebäudes zum Himmel hoch. Das Licht blendete sie.

Dennoch konnte sie den gewaltigen Schatten sehen, der sich an dem Turm vorbeischob.

Ein metallisches Dröhnen erfüllte die Luft. Etwas starrte sie an, das war zu spüren. Das eckige Gebilde in der Luft schob sich etwas zu ihr herunter. Sie konnte einen dem Körper von Menschen nachempfunden Torso erblicken, der hinter dem Turm hervorkam. Teile der Fassade wurden herausgebrochen und fielen auf die Straße. Unter dem Hagel begann sie zu kreischen und floh blind drauflos. Eine kleine unscheinbare Metalltür stand offen. Keuchend lag sie in dem kleinen Raum hinter der Tür auf dem kalten Boden und sog gierig die Luft ein. Sie hörte immer noch das Dröhnen, das von der Straße kam und alles ausfüllte, sogar ihren Körper. Sie lag darin und Tränen rollten aus ihrem Auge. Es klang nach Maschinen, die Stürme entfachen konnten. Es klang nach Maschinen des Krieges, die Berge zerreißen konnten. Durch die offene Tür sah sie weiter Trümmer auf die Straße regnen. Sie kroch tiefer in das Gebäude, weg von der Tür und dem Chaos da draußen. Dann verschwand auf einmal das spärliche Tageslicht in dem Raum. Etwas blockierte den Eingang. Sie konnte nicht erkennen, was es war, aber das war auch egal.

Unter Tosen und Brechen brach ein Schatten durch die Wand. Nur mit viel Glück schaffte sie es auf eine Treppe, die eine Etage tiefer in den Keller führte. Eine Hand aus Metall wühlte in dem Inneren des Gebäudes. Sie hielt sich nicht lange auf der Treppe auf, sondern öffnete die Tür und warf sich in den anderen Raum dahinter. Sie dachte keine Sekunde nach, was sie erwarten konnte.

Keuchend lehnte sie sich gegen das kalte Metall der Tür. Der Krach war immer noch ohrenbetäubend. Vor ihr war es stockdunkel. Ob ein Gang vor ihr war, oder ein unendlicher Abgrund, wusste sie nicht. Sie versuchte zu weinen, konnte es aber diesmal nicht. Ein Amboss schien auf ihrer Brust zu liegen. Sie wusste nicht, dass alles, wirklich alles zerstört war. Dieses Wissen, zusammen mit der gewaltigen Kriegsmaschine, die sie jagte, hätte ihr wohl den Verstand geraubt. Also fragte sie sich, wie es wohl allen ging, wo ihre Familie war. Sie begann in der Dunkelheit nach vorne zu kriechen, weil sie seltsamerweise dachte, ihr Körper hätte stehend keinen Platz. Ihre Gefühle erdachten sich einen schmalen Gang, tief unter der Erde und sie war ein kleines Insekt, das über kalten Stein kroch. Wie ein spiegelverkehrt liegendes Insekt tastete sie sich durch die Dunkelheit. Ihr ganzer Körper wurde zu einem einzigen Tastorgan. Der Boden vibrierte wie eine Trommel, auf die ein Riese ohne Sinn und Verstand draufschlug.

Durch eine weitere Tür kämpfte sie sich nach draußen. Sie befand sich auf einer Straße. Das Gebäude vor ihr war jetzt ein anderes. Aber genauso bohrte es sich in den Himmel, wie das, in was sie geflohen war. Panisch lauschte sie und blickte sich um. Aber die Maschine war nicht zu sehen.

Sie legte sich auf die Straße und dachte, sie hätte einen Moment der Ruhe.

Eine gewaltige Hand schlug in die Seite des Gebäudes. Das metallische Dröhnen folgte dieser metallenen Hand.

Hastig war sie wieder auf den Beinen und floh. Ein Streifen Licht war vor ihr auf dem Boden zu sehen. Als sie sich umdrehte, konnte sie einen grellen Streifen Licht sehen, der den quadratischen Kopf der Maschine spaltete. Das Licht der Maschine war trotz ihrer gewaltigen Kraft präzise wie ein Skalpell, weil der Bereich, der vom Boden beleuchtet wurde, der ihrer Schritte war.

An den Seiten der Straße, auf der sie rannte, waren nur leere und nackte Fassaden, ohne Eingänge. Auf den Oberflächen spiegelte sich ihre verzerrte, fliehende Gestalt. Ein verschwommener Traum, über dem Wasser floss.

Über ihr flog ein Schatten. Instinktiv duckte sie sich, weil sie die Masse des Körpers spüren konnte. Ein Bus flog wie ein Speer durch die Straße und erlegte ein Gebäude. Der metallene Leib blieb quer über der Straße liegen und versperrte den Durchgang mit weiteren Trümmern. Darüber klettern konnte sie nicht, das war zu hoch. Aber an einer Seite war ein Loch in der Wand, das der Bus gerissen hatte. Sie hechtete darauf zu. Hinter ihr war das allgegenwärtige Dröhnen. Steine und Glassplitter bohrten sich in ihre Fußsohlen. Das Loch in der Wand führte tiefer in das Gebäude hinein. Aber es war nicht breit, die Kante des Busses verengte den Spalt. Ihr Fleisch presste zwischen der metallenen Kante und dem Mauerwerk, das herausgebrochen war wie ein Gebiss.

Spitze Speere aus hellem rotem Schmerz vernebelten ihren Blick. Steine bohrten sich in ihren Rücken. Die losen Metallstücke des Busses rissen ihre Haut auf, zu Fetzen. Ihren Kopf musste sie zur Seite legen, damit er durchpasste. Zäh wie Pech schob sich ihr Körper durch das Nadelöhr. Sie wimmerte vor Schmerz und Angst. Dann verdeckte die Kante des Busses ihr letztes Auge. Ihre Welt bestand nur noch aus Schmerz, aber sie kämpfte weiter. Dann, endlich, die Erlösung, der Fall. In den Raum hinter dem Spalt. Röchelnd fiel sie. Nur eine Sekunde zum Luftholen, mehr wollte sie nicht.

Aber der Bus wurde weggezerrt und zwei metallene Finger bohrten in der Wunde des Gebäudes.

Ihr Fuß entging nur knapp einem der Finger. Sie erbrach galligen Speichel, als sie sich nach vorne stürzte, gegen den Schatten der Erschöpfung ankämpfend. Schnaufend und erbrechend kämpfte sie sich ein düsteres Treppenhaus hoch. Es war der einzige Weg. Mit letzter Kraft schaffte sie es auf das Dach. Wimmernd fiel sie hin und schrammte sich ein Knie auf. Aber das spürte sie schon nicht mehr.

Sie konnte nicht mehr und war zusammengebrochen. Aber die Maschine hatte noch genügend Kraft. Sie spürte wieder, wie der Boden erzitterte. Etwas Gewaltiges kletterte eine Seite hoch.

Sie kroch zur anderen Seite, um sich dort umzubringen. Sie konnte nicht entkommen. Schwankend taumelte sie der Kante des Daches zu. Sie dachte nicht an den Fall. Sie dachte ihre verworrenen Erinnerungen ihres Lebens, als könne sie etwas davon in den Tod mitnehmen.

An den hellen Raum, an das Lächeln und an die Blumen, dachte sie. Diese Bilder wollte sie festhalten. Ihre Hände befühlten den Stein der Kante. Sie wirkte wie ein kleines Mädchen, das sich an einen Kai am Hafen setzte. Der Wind strich über ihre alten und neuen Narben, die alle noch nicht so wehtaten, wie sie es sollten. Sie fühlte nur deutlich die Kühle des hereinbrechenden Abends auf der entstellten Seite ihres Gesichtes. Seltsam still war es, als sich der Kopf der Maschine vor ihr erhob. Ihr ganzer Blick wurde von dem hellen Spalt ausgefüllt. Der aber nicht mehr diese Kraft hatte. Es tat nicht weh, dort hineinzusehen. Sie erhob sich auf der schmalen Brüstung. Mit klopfendem Herzen verlagerte sie ihr Gewicht nach vorne, als würde sie einen Dominostein umkippen. Die Maschine hob eine Hand und streckte sie vor ihr in der Luft aus.

Dort blieb sie auch und bewegte sich nicht weiter. Sie hätte einige Schritte zur Seite machen müssen, um in den Tod zu springen. Zuerst dachte sie, die Maschine wollte zupacken. Aber die Hand blieb ausgestreckt, mit der Handfläche nach oben. Es wirkte, als würde sie zum Tanz aufgefordert. Ein Geräusch hallte auf einmal durch die Luft. Es klang elektrisch und es klang abgehackt, oder unterbrochen. Sie dachte, ein Wort zu hören, was nicht ausgesprochen werden konnte. Es kam eindeutig von der Maschine, die ihr offenbar etwas sagen wollte. Wie ein aufkommender Wind, kam das Geräusch noch einmal. Diesmal konnte sie es verstehen.

„LEBEN", sagte die metallene Stimme. Wollte die Maschine, dass sie auf die Hand trat?

Wie auf Kommando hob und senkte sich der metallene Kopf. Aber statt noch länger eine Reaktion abzuwarten, zog die Maschine die Hand wieder zurück. Sie machte sich bereit zu springen.

Aber die andere wurde erhoben und öffnete sich. Zuerst konnte sie nichts erkennen. Aber dann flog ein kleiner Funke über die Fläche aus Nieten und lackierten Platten. Sie musste näher treten, um etwas erkennen zu können. Was sie da sah, war der Flug eines Schmetterlings. Wieder brachte ein elektrisches Wort die Luft zum Beben. „BITTE", raunte die Maschine. Mit sanfter Gewalt nahm das gewaltige Gerät die Frau dann doch in die Hand. Sie ließ es geschehen. Die Maschine stieg von dem Gebäude und kniete sich in eine Sackgasse. Vor dem Bauch faltete sie beide Hände zu einem Hohlraum. In diesem Hohlraum waren die junge Frau und der Schmetterling. Es dauerte nicht so lange, wie sie gedacht hatte, aber der Falter landete dann doch auf ihrer Hand.

So viel Kraft hatte diese Maschine, und achtete doch auf ein so kleines Leben. Diese Gedanken kamen ihr, als der Schmetterling es sich auf einem Finger von ihr gemütlich machte, wie auf einem Ast. Sie dachte auch, dass sich die Maschine auf den Weg machen würde. Sie dachte an eine Insel, wie in einem Werbeprospekt.

Aber sie sah nicht, was die Maschine sah. Um 17:30 schlug ein Sprengkopf in zwölf Kilometer Nähe zu der Küste ein. Die Kraft der Detonation ließ das Wasser des Meeres verdampfen. Häuser wurden zu Staub zermahlen. Die Maschine hatte sich in eine Art Bunker transformiert. Noch rechtzeitig, bevor die Flammen den Titanen einhüllten und verschlangen.

Die Nachricht des geplanten Einschlages erschien auf einem Bildschirm, der düster in einem leeren Kontrollraum leuchtete. Es war niemand mehr da, der diese automatische Nachricht empfangen konnte.

Der Stern unter der Erde

Das blaue Band eines Flusses schimmerte wie Silber durch eine Landschaft schwarzer Erde. Dieser Fluss, er trug den Namen Don, wurde einmal von den Menschen als Grenze zwischen Asien und Europa betrachtet. Aber das war schon lange her. So lange, dass sich keiner mehr erinnern konnte, wer das einmal gedacht hatte. Die Menschen in diesem Land lebten nämlich in einer Zeit mit einer ausgelöschten Vergangenheit. Die Vorfahren dieser Menschen hatten alle Zeugen der Vergangenheit zum Verstummen gebracht. Es sollte davon nur ein leeres reines weißes Blatt bleiben. Alle Aufzeichnungen, die jemals existiert hatten, waren vernichtet worden, genauso wie alle Bauwerke und alles, was an Kunst existiert hatte.

So mancher Herrscher hatte schon versucht, die
Vergangenheit nach ihrem Bild neu zu schreiben.

Aber ihre Lehren der Archive, ihre Scheiterhaufen
von Büchern, waren zum Scheitern verurteilt
gewesen. In diesem Land aber gab es keine
Geschichte mehr. Es war verboten, sie
aufzuschreiben. In diesem Land ohne Geschichte
floss nun ein Fluss, der von den Menschen einmal
Don genannt worden war. Unweit des silbernen
Bandes lag ein Dorf, nach einem strengen Muster
gebaut. Eine Straße teilte Felder, die genauso streng
angelegt worden waren, und führte zu einem
anderen Dorf, das gleich aussah. Die Straße führte
weiter in das Land hinein. Wie an einer Perlenkette,
waren Dorf um Dorf an ihr aufgereiht. Betrat man
eines von ihnen, führte die Straße in der Mitte zu
einem runden Platz. Ein Haus, direkt an dem
staubigen Platz, war das Büro des Erntekoordinators,
der die Abgaben der Bauern an die Kommune

kontrollieren sollte. Hinter dem Haus lag ein mit dichtem Gras bewachsener Hinterhof, der mit einem hohen Lattenzaun umschlossen wurde. Aus einer offenen Tür kam ein Jaulen. „Du verdammte Missgeburt", fauchte eine Stimme. Der vor Anstrengung gekrümmte Rücken eines Mannes tauchte in der Tür auf. Mit beiden Händen zerrte er an einer Leine. Sein Gesicht war rot angelaufen und seine Stirn ertrank in Schweiß. „Wenn du nicht herauskommst, dann erwürge ich dich im Haus." Was genau diese Drohung bewirken sollte, war nicht ganz klar. Aber der Hund gab seinen Widerstand nicht auf. Sein ganzer Körper war nur noch ein Knoten gespannter Muskeln. Sein Nacken, der sich gegen die Leine presste, zitterte zwar, gab aber keinen Zentimeter nach. „Woher hat dieses Vieh nur seine Kraft?"

Der Hund kämpft um sein Leben, du Idiot, dachte sich ein älterer Herr, der im Büro das Spektakel betrachtete. Wenn du an einer Leine von deinem Schreibtisch weggezerrt würdest, zu einem Holzblock mit einer Axt daneben, dann würdest du doch auch kämpfen. Du würdest dich an einem deiner Aktenschränke festklammern und heulen. Mit beiden Händen hielt der ältere Mann einen kleinen Jungen sanft an seinen Bauch gedrückt, der jammerte und schluchzte. Die braun gebrannten faltigen Hände streichelten dessen Kopf. Die Tränen seines Enkels drangen durch den Stoff seines Hemdes und befeuchteten seine Haut.

Sein Enkel weinte laut. Was anderes tat das Mädchen, was von einer Frau um die vierzig zurückgehalten wurde. Das Mädchen war in dem Alter des Enkels. Sie kämpfte mit aller Macht gegen die Umarmung ihrer Mutter und schrie schrill. Zu einer anderen Zeit hatten diese Arme sicher Trost gespendet. Jetzt waren sie aber die Mauern eines Gefängnisses. Der ältere Mann sah es im Gesicht der

Mutter, das sich in eine steinerne Maske verwandelt hatte, wie es ihr wehtat, ihre Tochter zurückzuhalten. Der Beamte im Hof schnaufte genervt. Kurz schien er sich noch zurückzuhalten. Er wackelte mit seinem Kopf, als würde ein Insektenschwarm seinen Nacken malträtieren. „Schaff die Kleine hier weg, sonst stopf ich ihr das Maul." Ja, so spricht ein liebender Vater, dachte der ältere Herr. Behielt aber die Worte für sich.

Die Situation war schon kompliziert genug. Die Miene blieb hart. Aber es schien wie eine milchige Scheibe gegen einen grauen Sturm gepresst. Sie versuchte, ihre Tochter, die immer noch kreischte, aus dem Büro zu schieben. Diese aber leistete genauso viel Widerstand wie der Hund.

„Ich kann es nicht", sagte die Frau, war ab da fast stumm. „Was heißt das, du kannst nicht?", kam es aus dem Hof gebrüllt. Der ältere Mann führte seinen Enkel sanft aus dem Büro hinaus auf die Straße. Dort wartete ein Traktor auf sie, mit einem roten Anhänger. Einen Teil seiner Ernte hatte der Bauer in das Dorf gebracht, um es kontrollieren zu lassen. Er setzte den Jungen auf den Hänger und murmelte noch ein paar Worte zur Beruhigung. Dann ging er in das Büro zurück.

Ohne zu zögern, nahm er der verdutzten Frau ihr Kind aus den Armen. „Wo ist ihr Zimmer?", fragte er. Das Mädchen schrie, bis ihre Stimmbänder brannten, schlug ihre Ellbogen in seinen Bauch und ihre Fersen strampelten nach seinen Knien und Leisten. Einen Treffer landete sie bei seinen Genitalien.

Sein Unterleib wollte sich vor Schmerzen verknoten. Aber er ließ das Mädchen nicht los.

„Ihr Zimmer ist die erste Tür links", hörte er aus dem Erdgeschoß die Frau rufen. Der Mann trat auf die betreffende Tür zu und musste mit dem Kunststück fertigwerden, sie zu öffnen, mit einem scheinbar ums Überleben kämpfenden Mädchen im Arm. Er brachte die Tochter des Beamten in das Zimmer und sah nur, wie sie auf den Teppich fiel und vor Schmerzen und Kummer fast zerrissen wurde. Gerne hätte er einige Worte des Trosts gesucht und auch gefunden, aber er wusste auch, wie sinnlos dieses Unterfangen war.

Also verschloss er wortlos die Tür. Die Prellungen und Kratzer brannten auf dem Weg nach unten. Was er dort sah, war fast zum Lachen. Der Hund war noch an Ort und Stelle und er hechelte.

„Du blindes Miststück, dein Tod ist schon beschlossene Sache."

Diese Worte wurden von dem Beamten gejapst, dessen Brustkorb sich gierig mit Luft füllte.

Hasste der Mann diesen Hund wirklich so sehr, oder sah er es nur als Pflichterfüllung an, dieses Tier zu töten? Der Großvater blickte auf den Hund, der nichts sehen konnte, und ganz langsam kamen ihm wieder diese Gedanken, die er am besten nicht haben sollte.

„Komm Hermann, ich helfe dir", sagte er und kam schnell von der Treppe herunter. Doch der Angesprochene hob abwehrend die Hand. „Nein, ich habe eine bessere Idee", keuchte er.

Der breite Mann walzte an ihm vorbei. Gleich unter der Treppe befand sich eine Tür. Hermann riss die Tür auf, als hätte sie einen Hader mit ihm. Dahinter kam eine unverputzte Mauer zum Vorschein. Eine grelle Lampe beleuchtete sie. „Herauf!", brüllte Hermann in den Keller hinunter. Kurze Zeit später erschien die Gestalt eines schlaksigen jungen Mannes in der Tür, der Hermann um gut einen Kopf überragte und der den Kopf einziehen musste, um das Büro betreten zu können. Links und rechts flogen die Locken seines langen Haares herab und dazwischen lagen die schläfrigsten Augen, die der Großvater jemals gesehen hatte.

„Ja Chef, was gibt es Chef? Soll ich etwas Schweres in den Keller tragen?" Die Worte wurden an einer langen Schnur aus seinem Mund gezogen.

„Siehst du den Hund da?", sagte Hermann und zeigte auf ihn, der weiter nach Luft hechelte.

„Ist das nicht der Hund von Sofia, ein netter Hund, der wird so gerne gestreichelt von mir."

Hermann ignorierte diese Worte.

„Nimm ihn nach draußen zu dem Holzklotz und bring ihn um."

„Aber was, will Sofia, dass ihr Hund stirbt? Warum denn, das ist doch ein ganz lieber Hund?"

Hermann ignorierte auch diese Worte, sondern begann bedrohlich zu zischen.

„Was Sofia will, tut hier nichts zur Sache. Dieses Tier ist eine unnatürlich kranke Kreatur, die ohne mein Wissen in meinem Haus lebte. Da du dieses Tier kennst, wusstest du auch, dass meine Tochter dieses Vieh in meinem Haus versteckt hat."

Nach diesen Worten erschienen Schleier von Angst im Blick des jungen Mannes. „Aber Chef, Sofia hat so an diesem Hund gehangen und ich auch, da wollte ich ihr nicht wehtun. Sie ist ja noch so ein junges Mädchen, mit so einem großen Herzen. Tut mir leid, Chef."

Hermann rieb sich entnervt die Augen und sagte: „Schaff mir nur dieses Vieh aus dem Haus und alles ist vergessen."

Der Großvater konnte kaum glauben, was er da hörte. Du selber schaffst es nicht, ein blindes Tier zu töten. Deswegen muss es ein Gehilfe für dich erledigen?

Aber er sagte nichts, sondern ließ geschehen, dass der junge kräftige Mann das Tier an der Leine nahm und mit sich zerrte. Er wollte nur noch den Schreibkram erledigen und nichts wie weg.

„Kannst du mir jetzt die Quittung für meine Lieferung ausstellen, ich muss dann mal nach Hause? Meine Frau wartet mit dem Essen auf mich."

Hermann richtete seine Krawatte und nickte. Das Gesicht leuchtete noch im satten Rot, so dass der Großvater Angst bekam, ein Herzinfarkt käme der erhofften Unterschrift zuvor. Aber Hermann setzte sich hinter seinen Schreibtisch und schnaufte. Er blickte von seinem Sessel kurz in eine Ecke, als suche er dort etwas.

„Willst du auch einen kleinen Korn, ich könnte einen vertragen?" Der Großvater verneinte mit einem scherzhaften Hinweis, dass seine Frau den Braten sicher riechen würde, und er wollte kein Risiko eingehen. Hermann nannte ihn einen Pantoffelhelden und goss sich nach der zweiten Portion noch eine dritte nach. „Paul ist wirklich ein brauchbarer Berg aus Muskeln, nur das Denken sollte er lassen." Hermann unterbrach kurz seine Gedanken und fügte dann noch hinzu: „Das Reden sollte er auch sein lassen. Wäre besser für ihn."

Paul war der große Bursche aus dem Keller. Hermann machte noch keine Anstalten, das Formular zu unterschreiben, worauf der Großvater schön langsam seine Geduld verlor. Draußen auf seinem Traktor saß sein Enkel, der verwirrt war und nach Hause wollte. Aber Hermann konnte sich auch folgende Worte nicht verkneifen: „Ich meine, dieser blöde Hund, damit meine ich Paul, hätte es doch besser wissen müssen als meine kleine Tochter. So ein krankes Tier hat unter meinem Dach nichts zu suchen. Man muss es doch töten, so etwas, was nicht von alleine leben kann. Ich wollte nicht, dass sie diese wichtige Lektion im Leben so lernt, aber besser, sie hat es jetzt hinter sich. In solchen Momenten frage ich mich, ob Paul einfach nur dumm ist oder wirklich geistig behindert."

Der Großvater horchte aus seiner Dämmerung des Desinteresses auf. Er war geschockt. So etwas sagte man in dem Land, in dem sie lebten, nicht ohne Vorsicht. Jemand zu verdächtigen, er wäre unwertes Leben, war gefährlich. Für den, auf den gezeigt wurde.

Jede Familie wurde auf Erbkrankheiten und genetische Defekte durchleuchtet. Jeder Säugling wurde bei seiner Geburt nochmals kontrolliert. Eine Ehe und Paarung unter den Menschen war nur unter schwersten Kontrollen möglich. Menschen wurden in diesem Land gezüchtet wie Vieh. Hermann wurde auch gewahr, was er gesagt hatte, und blickte auf den Pegelstand seiner Flasche

„Ups, na, die stellen wir am besten weg."

Er sagte das in einem gespielten naiven Ton und lachte dann dümmlich dazu.

Der Großvater wünschte ihn in ein dunkles stinkendes Loch, das sich an Hinterseite eines schmutzigen Tieres befand. Endlich bekam er die Quittung für seine Ernte.

Entgegen seiner Art faltete er das Dokument nicht sacht zusammen, sondern stopfte es in seine Hosentasche. Seine Frau, die sehr Wert auf Ordnung legte, würde ihn nachher sicher damit nerven und fragen, was ihn denn so wütend gemacht habe. Aber jetzt war ihm das egal. Er trat auf den Dorfplatz hinaus und stieg auf seinen Traktor. Zuerst drehte der Großvater um und fuhr Richtung Westen. Sie verließen die asphaltierte Straße und fuhren auf dem breiten Schotterweg, der zu ihrem Hof führte. Die Luft flirrte vor der Hitze des Sommers, und wegen des lauten Motors konnten sie die Grillen nicht hören. Es war ein schönes Land, was er für das Kollektiv bestellen durfte. Seit Generationen ernährte es seine Familie. Diesen Stolz über dieses Land hatte er von seinem Vater geerbt. Normalerweise dachte er mit wehem Herzen daran. Aber bei dieser Fahrt war etwas anders. Der Grund war sein Enkel. Der Junge, der mit ihm fuhr, würde ihm bald eine Frage stellen, auf die er keine Antwort geben wollte.

Noch schwieg der Junge, wohl weil er den Kummer des Großvaters spüren konnte.

Sie fuhren zu dem Waldstück, das die Sicht auf den Hof verstellte. Hinter den dichten grünen Büschen lag ein Teich. Man konnte ihn nicht sehen, weil sein Ufer so zugewachsen war.

Der Großvater hielt an und prompt konnte er die Frösche hören. Er wischte sich den Schweiß von der Stirn mit seinem haarigen Arm.

Der Junge schwieg noch. „Ganz schön laut die Frösche, was. Mich wundert es schon seit Jahren, dass wir nachts schlafen können." Der Junge begann nach vorne zu klettern und setzte sich auf den Schoß des alten Mannes. Er sieht wie sein Vater aus, dachte er.

„Der Hund von Sofia, der wurde krank geboren, oder der kam so wie er war auf die Welt?"

„Ja, das stimmt."

„Warum ist es denn schlimm, wenn jemand krank ist?"

Er spürte das Gewicht des Jungen, der auf seinen Knien saß. Bald bist du erwachsen, dachte er.

Aber war er schon alt genug, die Wahrheit zu erfahren. Zu erfahren, was wirklich in ihrer Familie passierte. „Schau, der Hund hatte eine andere Krankheit, als die du manchmal gehabt hast. Wenn du ganz hohes Fieber bekommst, meine ich. Wir werden alle mal so krank, müssen husten oder kriegen Schnupfen. Der Hund hat aber einen Fehler von Geburt an mitbekommen. Den, dass er nichts sehen kann. So kann er auch nicht leben. Es gibt starkes Leben und es gibt schwaches Leben, unwertes Leben. Das muss getötet werden.“

Der Junge sah nachdenklich aus. Er wirkte dabei nicht wie ein Kind, sondern wie ein erwachsener Mann.

„Hättest du mich auch umgebracht, wenn ich blind auf die Welt gekommen wäre?“

Der Großvater hatte mit dieser Frage gerechnet. Deswegen konnte er ruhig antworten. „Nein, weil unsere Ärzte gute Tests haben, mit denen wir feststellen können, ob jemand krank ist oder nicht.“

„Haben Mama und Papa auch so einen Test gemacht, als ich noch in ihrem Bauch war?“ „Ja, das haben sie, und die Ärzte haben gesagt, dass alles mit dir gut sein wird.“

Bei diesen Worten, sah er auf sein Haus oder versuchte es. Die Äste der Bäume verdeckten dessen Fassade. Er sah nur das Grün der Blätter und das Licht, das hindurchstach.

„Ist mein Bruder denn nicht krank?“

Der alte Mann musste an die Wochen vor der Geburt der Zwillinge denken. Der Arzt hatte den Großvater zuerst unter vier Augen sprechen wollen. Weil beide alte Freunde waren, und dadurch war es dem Arzt leichter gefallen, zuerst mit ihm zu sprechen. Eines der beiden Kinder würde nicht den Normen entsprechen, es würde eine große Chance

geben, dass eines der beiden eine schwere
Gehirnstörung haben könnte. Genauer hatte sein
alter Freund an dem Tag nicht werden können. Der
Großvater hatte seinen Freund gebeten, vorerst zu
schweigen, bis die welteren Ergebnisse vorlagen. Als
dann die Nachricht endlich gekommen war, saß die
ganz Familie bei einer kleinen Runde zusammen und
besprach die Zukunft.

Der Großvater hatte das Nachrichtenterminal im
Schlafzimmer für das Gespräch genutzt und genau
darauf geachtet, dass niemand das Falsche hörte.

Es hatte festgestanden, eines der Kinder würde eine
psychische Behinderung haben. Das Kind würde
niemals normal sein. Der Großvater wäre am
liebsten in diesen Minuten eins mit den Schatten in
dem Zimmer geworden. Verschmolzen zu einer Welt
ohne Kummer. Wie konnte das sein? Seine Familie
war gesund, die seiner Frau auch. Seit Generationen
wurden ihnen Urkunden ausgestellt, die ihre

genetische Reinheit bestätigten. Sein alter Freund
hatte ihm auch nicht weiterhelfen können. Mit leiser
Stimme hatte er den Arzt um eine schwere Bürde
gebeten. Er hatte gebeten, diesen Fall noch nicht zu
melden. Eigentlich hatte er zuerst seiner Familie
diese schlimme Nachricht noch ein paar Tage
aufschieben lassen wollen. Aber er hatte gefühlt,
dass das nicht genug war. Nicht genug für ihn, nicht
für seine Familie. Er hatte seinen alten Freund, den
Arzt, gebeten zu lügen. Zu sagen und zu
dokumentieren, das Kind sei doch gesund.

Das war ein Verbrechen, ein schweres. Die Reinheit
der Art war eines der obersten Gesetze ihres Volkes,
das in einem Land ohne Geschichte lebte.

Sein alter Freund hatte sich dann doch überreden
lassen. Aber die Gefahr war dennoch groß gewesen,
entdeckt zu werden. Was bisher aber nicht
geschehen war. Die beiden Kinder waren geboren

worden, aber das eine hielten sie auf dem Hof versteckt.

„Ja, dein Bruder ist auch krank.“

Der Junge wurde auf einmal ganz leise. „Bringst du ihn eines Tages weg, meinen Bruder? Ganz weit weg?“ Der Großvater rang nach Worten. „Nein, das werden wir nicht.“

Der Junge war erst fünf Jahre alt. Noch verstand er nicht, warum er lügen sollte. Am besten war er ehrlich zu dem Jungen. Bald würde er doch alles verstehen. Da war es besser, ihn schrittweise einzuweihen. Das war nämlich das Damoklesschwert, das permanent über ihren Familie hing. Er war ein Kind und Kinder reden nun mal, das war so. Noch hatten sie den Kontakt mit anderen Familien eingeschränkt, soweit es nicht auffiel. Bald würde er aber öfters mit anderen Kindern spielen. In der Schule, mit denen der

Nachbarn. Jetzt war dieser Tag da, wo er ihn einweihen musste. „Du darfst niemandem sagen, dass du einen Zwillingsbruder hast. Wenn andere davon etwas hören, kommen sie in der Nacht und nehmen ihn mit und du wirst ihn nie wiedersehen. Dann werden wir, deine Großmutter und ich, deine anderen Geschwister, einfach alle auch bestraft und du siehst keinen von uns jemals wieder. Dann wärst du ganz alleine."

Er könnte kotzen wegen dem, was er dem Jungen antat. Aber er musste ihn erschrecken, damit er verstand, wie wichtig das war. Links und rechts floss ein Strom aus Tränen aus einem Gesicht, was noch keinen Kummer kennen sollte. Der Großvater versuchte, sich mit einer alten Phrase zu trösten.

Wenn du erwachsen bist, wirst du es verstehen.

Er drückte den Jungen fest an sich und für einige Sekunden war es ihm egal, dass er keine Luft bekam.

Schweigend fuhren sie den Rest des Weges. „Komm, spring runter und geh schon mal in das Haus, ich muss den Traktor in dem Schuppen parken." Der Junge tat wie geheißen und sprang von dem Traktor. Auf dem Weg zu der Eingangstür blieb er stehen und drehte sich zu seinem Großvater um. „Spielen wir nachher etwas?"

Der Großvater schüttelte den Kopf. Eine Sekunde, aber wirklich nur eine Sekunde, amüsierte er sich an der Enttäuschung seines Enkels.

„Wie wäre es, wenn wir später an unserem Fort im Wald weiterbauen?" Der Junge verschwand im Haus, und er konnte nur noch die atemlosen Rufe nach seiner Großmutter hören.

Das lenkte ihn kurz von dem Schmerz in seinem Herzen ab. Er montierte den leeren Hänger ab und parkte ihn und den Traktor in dem großen Schuppen. Dann, bevor er das Haus betrat, ging er

noch zu dem heiligen Schrein seiner Ahnen. Sein
Vater hatte ihm einstmals das Beten beigebracht.

Der Schrein lag außerhalb des Hauses und war ein
kleines Gebäude, dessen Wände mit heller Farbe
bestrichen worden waren. Mit schwerem Herzen
öffnete er die Seitentüren des Schreins und das
Tageslicht fiel in den Raum hinein.

Auf dem Altar leuchtete eine goldene Swastika
(Hakenkreuz). Das Zeichen seines Volkes und der
Ahnen. Trotz ihrer Technologie waren sie tief in dem
Glauben ihrer Vorfahren verwurzelt. Wie mit ihrer
Heimat. Vor dem Altar war eine mit dickem rotem
Stoff überspannte Holzleiste, auf der man knien
konnte. Er sank darauf nieder und stützte sich mit
den Ellbogen ab. In seinen Händen roch er noch den
langen Arbeitstag. Den Schweiß, den Geruch von
Erde. Er entschuldigte sich bei seinem Vater in
Gedanken und gönnte sich das Lächeln bei der
Vorstellung, wie sein Vater ihn deswegen einen

Narren im Jenseits nennen würde. Du bist ein Bauer,
also rieche auch wie einer.

Still, ohne ein Wort, sprach er die üblichen Worte,
die nach dem Schutz für seine Familie baten.

Dann dachte er darüber nach, weswegen er wirklich
gekommen war. Der Grund für sein schweres Herz.
„Was soll ich nur tun, Vater, Großvater? Gebt mir
bitte einen Hinweis."

Er dachte darüber nach, was seine Vorfahren getan
hätten. Was man, seit es ihr Volk gab, mit unwerten
Leben machte. Er wusste keine Antwort darauf. Das
Gebet spendete ihm keinen Trost.

Er sandte seinen Ahnen noch einen letzten Gruß
und betrat das Wohnhaus seines großen Hofes.

Seine Frau war in der Stube mit einer Gruppe junger
Mädchen beschäftigt, die sich Zöpfe flochten. Seine

Frau unterrichtete die Mädchen des Dorfes in den Sitten ihres Volkes und welchen Teil sie dazu beitragen sollten, als Frauen und Mütter. Seine Frau unterbrach kurz ihre Tätigkeiten, um mit ihm zu sprechen. Die Frage nach den Geschehnissen im Dorf wurden mit einer Bitte nach später verschoben. Das zerknüllte Dokument brachte ihm den erwarteten Tadel. Aber der war nur kurz und von eher bürokratischer Natur. Mit einem Vorwand, sich kurz ausruhen zu wollen, ging er in den ersten Stock. Aber er ging an dem Schlafzimmer vorbei und betrat eine steile Stiege, die zu dem Dachboden seines Hauses führte. Die Treppe quietschte unter seinen schweren Schritten.

Für einen kurzen Moment glaubte er sich in einer Halle, tief unter der Erde. Aber das lag daran, dass es hier oben nur wenig Licht gab. Das wenige sickerte wie Wasser honigfarben zwischen den

Dachschindeln hindurch. Der Dachboden wurde von einer Mauer in zwei Hälften geteilt.

Eine Tür war nicht zu erkennen, aber sie war dennoch da. Denn er hatte sie gut versteckt.

Er betrat den Raum, der sich hinter der versteckten Tür befand.

Es war, als würde man ein anderes Haus betreten. Dahinter lag nämlich ein fröhlicher, heller Raum, der das komplette Gegenteil von dem staubigen dunklen Dachboden war. Das Zimmer war mit einem dicken Teppich ausgelegt, so dass man überall gemütlich sitzen konnte. In der Ecke stand ein Bett, bewacht von einer Armee aus Plüschtieren.

Tageslicht kam von einem Dach, dessen Spitze durchsichtig war. Fenster an den Seiten des Daches hätten Fragen zu diesem Zimmer aufgeworfen, bei den Nachbarn.

Auf dem Boden saß ein kleiner Junge, der die Ankunft des Großvaters nicht bemerkt hatte. Neben ihm lag ein Tablett, mit einem kaum angerührten Mittagessen darauf. Er setzte sich mit unterschlagenen Beinen auf den Boden und seufzte innerlich bei dem Anblick des Essens. Die Mahlzeiten waren ein Grund für einen täglichen Krieg. Der Junge aß nämlich zu wenig und musste ständig dazu ermahnt werden.

Vor allem, wenn der Junge zeichnete, was er in diesem Moment tat, vergaß er die ganze Welt um sich herum. Sein Enkel zeichnete ständig, aber nicht Dinge, die er sich ausdachte, sondern nur Dinge, die er sah. Er zeichnete so genau, dass man sie mit Fotografien verwechseln konnte. Es war nichts Kindliches darin. Er malte einen Regenbogen, nicht wie es ein fünfjähriges Kind tun würde, sondern wie ein Architekt das Grundgeschoß eines Hauses entwerfen würde.

Die Gesichter von Menschen, die Gegenstände im Haus, er zeichnete so etwas lieber als Fabelwesen, die sich Kinder in ihrer Phantasie ausdachten.

Der Großvater hatte ein Dutzend Bilder aufgehoben, auf denen seine Zahnbürste porträtiert worden war. Er wusste nicht zu sagen, wieso, aber diese Bilder mochte er am liebsten. Er erhob sich, um einen Blick auf den Skizzenblock des Jungen werfen zu können. Was der Großvater sah, war der Waldrand hinter dem Haus. Sein Enkel konnte alles, was er nur in einem Augenblick sah, perfekt kopieren. Jedes Loch in einem Blatt, das Muster der Rinde auf den Bäumen, die Höhe der Grashalme, alles würde identisch sein, wenn der Junge mit seinem Bild fertig war. Der Stift ließ gerade einen Käfer durch die Luft fliegen. Die Welt, wie sie aussah, konnte er akkurat einfangen. Nur in seine hineinzugelangen, das war sehr schwer. Er reagierte nicht aus Unhöflichkeit darauf, dass sein Großvater neben ihm saß. Der

Junge hatte ihn einfach noch nicht bemerkt. Ganz vorsichtig schob er das Tablett mit dem Essen über den Skizzenblock. „Iss etwas davon, dann kannst du deinen Käfer zu Ende zeichnen."

Stumm setzte sich der Junge auf und klemmte sich den Stift hinter das Ohr. Er hob die Schüssel auf und begann laut zu schlürfen. Der Großvater sah ihm beim Löffelheben zu und hielt hinter dem Rücken einen Keks versteckt.

Auf einem Teller lagen noch zwei andere Kekse. Auch wenn er diese Sorte mochte, so wollte er immer nur zwei davon. Sein Großvater wusste nicht zu sagen, wieso, aber sie mussten bei dem Jungen auf feste Rituale achten. Veränderungen verwirrten ihn. Oder erschreckten ihn sogar.

Zum Beispiel erzählte er bei vielen Tätigkeiten im Alltag, was er gerade getan hatte. Wenn er sich die Schuhe zuzog, sagte er im abwesenden Tonfall: „So, jetzt habe ich die Schnüre überkreuzt, jetzt nehme ich eine der Schnüre in die eine Hand und mache eine Schlaufe. Dann nehme ich die andere Schnur und wickele sie herum." Was dem Großvater wehtat war, dass er kein normales Gespräch mit seinem Enkel führen konnte. Nicht so, wie mit seinem Bruder. Der lachte über seine schlechten Witze, erzählte Lügengeschichten, was er unter dem Tag so erlebt hatte.

Wenn sein kranker Bruder abends mit seinem Computerterminal im Wohnzimmer saß, dann spielte er nicht die Spiele seines Bruders, sondern besah sich schwere mathematische Gleichungen.

Der Großvater wusste nicht zu sagen, ob dieser Junge, der gerade seine Suppe aß, glücklich oder unglücklich war. Der alte Mann sah sich nochmal den bald fertigen Waldrand an.

„Darf ich das Bild dann haben, wenn es fertig ist?"

Der Junge murmelte etwas, was der Großvater nicht verstand. „Kannst du bitte lauter sprechen.“

Dann sah er, dass etwas Suppe seinen Mundwinkel verklebte. Er nahm die Serviette von dem Tablett. „Du hast da etwas, ich wische es nur weg.“

Der Junge sah skeptisch aus, aber er wehrte sich nicht. „So, das wars, es hat doch nicht wehgetan“, sagte der Großvater. Der Junge sah ihn verständnislos an. „Was soll denn nicht wehgetan haben?“

Der Großvater winkte ab. „Wenn das Bild fertig ist, kannst du es gerne haben“, sagte sein Enkel zum Abschied, als der Großvater sich erhob und mit dem Tablett das Zimmer verlassen wollte.

Viel Zeit für trübe Gedanken hatte er nicht, denn der andere Bruder erinnerte ihn ziemlich lautstark an sein Versprechen, an dem Fort weiterzubauen. Sie zogen sich an und nahmen noch einige Bretter und

Werkzeuge mit. Da das Licht bald verschwunden war, wollten sie sich beeilen, die Baustelle im Wald zu erreichen. Eigentlich war es für das Bauen eines Forts doch etwas spät, aber er wollte seinem Enkel noch eine kleine Freude machen und ein paar Handgriffe gingen sich schon aus. Der Außenwall war schon fast fertig. Bald wollten sie mit dem Bau des Hauptgebäudes anfangen. Über der Baustelle hing ein Zelt, damit sie, falls sie vom Regen überrascht wurden, ein wenig Schutz hatten. Kaum war das Fort zwischen den Bäumen aufgetaucht, war der kleine Junge schon vorausgerannt. Er wollte weiter an seinem Versteck bauen, für Soldaten, die in der Nacht Wache halten sollten. Der Großvater lud die Bretter ab und streckte erstmal den Rücken durch.

Er schaute auf das Tageslicht und seufzte leicht. Die Schatten waren schon länger geworden, als er erhofft hatte. Über den Wolken konnte er das rötliche Band der Abenddämmerung ausmachen. Bald würde er wieder umkehren müssen. Das würde ein Gezeter geben.

Aber dann dachte er sich, solange der Junge Energie hatte, konnte er ruhig noch ein wenig Zeit dranhängen. Nach der Geschichte mit dem Hund, würde etwas mehr Spaß ihm sicher guttun, dachte der Großvater und schaltete eine Lampe ein. Er bohrte gerade Löcher für Scharniere in ein Brett, was später dann einmal eine Tür werden sollte, als sein Enkel angerannt kam. „Opa, ich hab ganz was Komisches gefunden." „Du hast doch kein totes Tier angefasst, oder?", sagte der Großvater streng und reflexartig. Aber der Junge schüttelte den Kopf so schnell, als wolle er, dass er von seinem Hals abriss. Der Junge gab ihm etwas, was der Großvater verdutzt in das Licht seiner Arbeitslampe hielt.

Es war ein kleiner Anhänger aus Metall, der einen sechszackigen Stern darstellte. Er hatte vorher so etwas nicht gesehen. Das Symbol kannte er nicht. Er bat seinen Enkel, ihm die Stelle zu zeigen. Es war dort, wo er sein Versteck baute. Zuerst sah der Großvater gar nichts. Dann fuhr er in der Erde herum und spürte etwas Festes. Er packte es und zog daran. Er war überrascht über die Schwere dessen, was er da hochzog. Es war eine schwere Holzkiste.

Die Zeit in der Erde hatte sie deutlich gezeichnet, trotzdem war sie noch gut in Schuss. Das Vorhängeschloss, womit die Kiste verschlossen worden war, konnte der Großvater mit einigen Hieben seiner Schaufel öffnen.

Bevor er den Deckel aufschlug, sah er darauf ein Zeichen, das er kannte. Es war eine Swastika, das Symbol seiner Vorfahren. Hatten sie diese Kiste hier vergraben?

Er hielt wieder den Anhänger in die Luft und verglich ihn mit dem Zeichen auf der Kiste, das er so gut kannte. Der kleine Junge preschte nach vorne. „Opa, mach endlich die Kiste auf, ich will sehen, was da drinnen ist." Der Großvater schob ihn beiseite und machte den Deckel selber auf.

Was er darin fand, waren kleine dünne Bücher. Er nahm eines raus und betrachtete es. Jedes hatte nicht viele Seiten. Es waren nur kleine Mappen, gerade groß genug für eine Hosentasche. Das Seltsame war, dass in jeder dieser Mappen sich Fotos von Menschen befanden. Dazu Namen und Daten von Gewicht und Größe. Das mussten so etwas wie Ausweise sein, dachte er. Er kannte nur das elektronische zentrale Datenregister.

Er las einen der Namen und staunte. So einen Namen hatte er noch nie gelesen.

Avger Bronstein. Was war das für ein Name?

Er las noch andere und sah sich die Bilder der
Menschen an. Er fuhr mit dem Daumen über einen
und der Kleber löste sich auf. Das Bild fiel aus dem
Ausweis und landete auf der Erde des Waldes neben
der Kiste. Auf dem Bild war ein alter Mann zu sehen,
mit einer dichten weißen Mähne um seinen Kopf.
Der Mann hieß Mendelsohn.

Wer waren diese Menschen, wer war dieser Mann
gewesen?, dachte der Großvater und lehnte sich
gegen einen Baumstumpf. Über die Vergangenheit
wusste er nur die Mythen, die man sich in ihrem
Volk weitergab. Einst hatte es einen großen Krieg
zwischen den Menschen und anderen Völkern
gegeben, die sie hatten ausrotten wollen. In dieser
dunklen Zeit hatten die Menschen nur knapp
überlebt. Wer diese Wesen gewesen waren, hatten
ihre Vorfahren nicht überliefert.

Aber es sollten degenerierte Monster gewesen sein.

Der alte Mann war ratlos, was er tun sollte. Er legte den Anhänger mit dem Stern in die Kiste zurück und verschloss sie wieder. Dann nahm er sie mit zum Fort und schob sie unter die Plane.

Er wollte sich später darum kümmern. Sein Enkel war sichtlich schwer enttäuscht. „Ich hab mir einen Schatz erhofft. So einen alten Räuberschatz. Wie aus deinen Geschichten, die du mir immer erzählt hast.“

Der Großvater wollte es gar nicht, aber er musste über das schmollende Gesicht seines Enkels herzlich auflachen. Aber er tröstete den Jungen und sagte, dass sie morgen wieder herkommen wollten und nach weiteren Dingen suchen. Vielleicht fanden sie ja dann einen Schatz.

„So und jetzt komm, Adolf, Zeit, dass wir nach Hause gehen.“

Freakcorp

Die hagere Gestalt betrat den U-Bahnwaggon, der auch gleich ihre Bühne sein sollte.

Ihre spröden, blonden Haare umrahmten das Gesicht einer Ende zwanzigjährigen Frau.

Unter einer karierten dünnen Weste trug sie ein schwarzes ärmelloses T-Shirt.

Ihre Handtasche, die mehr ein Beutel war, hatte die Statur einer Kanonenkugel und musste mehr wiegen als die junge Frau.

Der Zug fuhr ab, und sie betrachtete noch die letzten Meter des Bahnsteiges, bis er überhaupt nicht mehr zu sehen war. Ihre Augen zuckten in schnellen Stößen, als würde sie kurze Botschaften lesen.

Aus einem nicht besonderen Grund grinste sie breit und ordentlich dreckig.

Dann stöhnte sie lange auf, leckte sich die Lippen wie einen feuchten Lappen.

Sie kicherte, was klang wie eine notgeile Hexe.

Ihre Hand fuhr zielstrebig hinunter zu dem obszönen V ihres Schoßes.

Was nicht dem jungen Mann im Sportsakko und mit Sporttasche verborgen geblieben war.

Der jungen Frau war auch nicht der junge Mann entgangen. Keuchend fuhr ihre Hand wieder hoch.

„Willst du den Job nicht übernehmen", stöhnte sie.

Der junge Mann sah weg, musste aber grinsen. „Du hast aber Muskeln. Wie viel stemmst du denn so?" Keine Antwort von ihm. Sie ging in die Hocke und rieb sich an der Rückseite des Waggons mit schlangenartigen Bewegungen wieder nach oben.

„Sei doch nicht so schüchtern. Ich bin es ja auch
nicht."

Das Ignorieren stachelte sie aber noch mehr an.

Ihre Hand krabbelte wie eine Spinne wieder
hinunter. Bei ihrem Bauchnabel hielt sie an.

Die Finger zogen das Shirt nach oben, so dass ihre
schweißfeuchte Haut hervorschimmerte.

„Du willst es doch auch, dass es nicht meine,
sondern deine Hand ist, die meinen Bauch
streichelt."

Ein Finger, nämlich der mittlere, fuhr in ihre kurze
Shorthose und spielte mit dem Rand.

Diese sehr drastische Aufforderung zur sexuellen
Offenheit bewirkte, dass der junge Mann in eine Art
Schockstarre fiel. So wie es manche Eidechsen tun,
um den eigenen Tod ihren Fressfeinden
vorzuspielen.

89

Nur klappt es bei den Menschen nicht.

Die junge Verführerin rekelte sich derweil schon wie eine Katze auf dem Boden der U-Bahn. Leckte sich die Lippen, wie im schlechtesten aller Pornos.

Unschlüssig hob sich das kräftige, braungebrannte Bein des jungen Mannes, um über die Frau zu steigen. Grund des Manövers war, dass der Besitzer des Beines das Schild der Station gelesen hatte, wo sich sein Fitnessstudio befand. „Nimm mich, nimm mich. Gib mir deine Ficksahne!" Hilfesuchend sah er sich zu seinen Mitmenschen um.

Aber die waren nun daran, sich tot zu stellen. Mit wehem Herzen sah er, wie sich die Türen des Waggons vor seiner mächtig trainierten Brust verschlossen.

Mit zusammengepressten Lippen suchte er sich einen freien Sitzplatz. Am Ende des Waggons.

Das nächste Objekt der Begierde der jungen Frau war eine Haltestange. Mit einem lasziven Ruck verschwand ihre Weste von ihren Schultern.

Sie umspielte die Stange, die in ihren Gedanken zu der Gestalt eines wartenden Liebenden geworden war.

Gefühlvoll drehte sie sich einmal um die Achse.

Um dann ihrem Publikum zu sagen:

„Ich liebe Schwänze. Ich liebe große, ich liebe kleine. Ich liebe sie dick und dünn. Ich schiebe sie mir gerne vorne rein, ich schiebe sie mir gerne hinten rein.

Dicke, pulsierende Stangen, die mich aufspießen wie eine Harpune. So eine Brechstange geparkt in meinem Arsch, mit der man auch Nüsse knacken kann."

Ihr Publikum war nicht so erpicht darauf, weitere Anspielungen über das männliche Geschlecht zu hören, und die meisten stiegen aus.

Als sie den Schwund bemerkte, wechselte sie die Linie.

Dort hatte aber schon jemand ihre Bühne in Beschlag genommen.

Sie sah einen gebeugten alten Mann in die U-Bahn einsteigen. Er zog eine alte Einkaufstasche auf Rädern hinter sich her.

Sein Mantel, sein Hut und diese Tasche schienen aus demselben grünen Filzstoff gezimmert worden zu sein. Die Frau sah ihm dabei zu, wie er einige Momente gegen die abrupte Beschleunigung der U-Bahn ankämpfte.

Dann öffnete er den Deckel seiner Tasche und holte einen edlen schwarzen Aktenordner heraus.

Mit dem hangelte er sich zu einer Gruppe von jungen Mädchen vor, die sich lachend unterhielten.

„Gott sei mit euch. Ich will euch warnen, warnen vor den Strafen Gottes. Ihr seid in dem Alter, wo der Glaube auf besondere Art geprüft wird. Ich spreche natürlich von Beischlaf, bevor man verheiratet ist. Bitte, ich bitte euch, folgt dem Wege Jesus. Er liebt auch euch und wird euch vergeben. Doch dafür müsst ihr umkehren von den Pfaden des sündigen Fleisches. Was euch auch heimgesucht hat. Ihr werdet vernichtet werden, wenn ihr das Heil Gottes ausschlagt. Darf ich euch was zum Lesen mitgeben?"

Er wirkte dabei wie ein lieber Opa, der seinen spielenden Enkeln Schokolade anbot, dabei aber mit einem Revolver herumfuchtelt. Die Reaktionen der Mädchen waren alle gleich. Sie standen sofort auf und stiegen aus der U-Bahn. Aber das störte den alten Mann nicht.

Er ging zielstrebig ein paar Reihen weiter. Aber
überall erntete er nur taube Ohren. In gebeugter
Haltung verstaute der Prediger dann seine Predigten
und stieg aus.

Auch die junge Frau machte das.

Den gebogenen Rücken immer im Blick, schlängelte
sie sich hinter dem Mann durch die
Menschenmenge. Er trat aus dem schmutzigen
Beton der Station und ging in eine graue Gasse.

Haus um Haus zog an der Verfolgerin und dem
Verfolgten vorbei.

Eine Lücke tat sich zwischen den Häusern auf.

Es war ein leeres Grundstück, auf dem verrosteter
Schrott zwischen wildem Dickicht herumlag.

Der alte Mann bog ab und betrat dieses Grundstück.
Als die junge Frau das sah, begann sie loszulaufen.

Im Laufen holte sie etwas aus ihrer Tasche. Der alte Mann war ihr Ziel.

Auf einem runden Fleck aus Kies war er stehengeblieben und schien auf etwas zu warten.

Ihr war es gelungen, bis auf wenige Schritte unbemerkt an ihn heranzukommen.

Sie holte aus.

Der Mann drehte sich mit unmöglicher Geschwindigkeit herum. In der Hand ein kleines Signalhorn.

Der Laut hämmerte wie Thors Hammer in einer engen Schlucht. Mit einem hellen Schrei wich die Frau taumelnd zurück. Die Hände an die Ohren gepresst. Sie fluchte.

„Scheiße, so ein Scheiß, Mann.“

Der alte Mann amüsierte sich im Gegenzug aber prächtig. „Meine Liebe, das muss ich leider eingestehen, jetzt habe ich dich erwischt."

Mit finsterem Gesicht stellte sie sich an die Seite des alten Mannes. Nach einigen Sekunden tauchte eine Liftkabine vor ihnen aus dem Erdreich auf.

„Hallo Mortimer", sagte die Frau.

„Einen schönen guten Abend, Helen", wünschte Mortimer Helen.

In der Kabine, auf dem Weg nach unten, gab Helen Mortimer das, was sie aus ihrer Tasche geholt hatte. Es war ein Geburtstagsgeschenk. Sie unterhielten sich beide über ihren heutigen Arbeitstag. Sie unterhielten sich auch noch auf dem Weg zur Stechuhr und dann in dem Pausenraum.

Dort packte Mortimer auch sein Geschenk aus. Ein anderer Kollege war mit einer Torte erschienen.

Der Mann hatte einen Bademantel getragen, dazu Hausschuhe in Form von lächelnden Eisbärköpfen.

„Ich sag dir, früher war mein Job viel einfacher", seufzte Mortimer nostalgisch und versperrte mit einem Stück Torte seinen Mund.

Mortimer nahm einen Schluck von seinem Tee. „Die Nummer mit dem Prediger im Bus, das war früher simpler und viel entspannter." Helen musste widersprechen. Was ihr nicht leicht fiel, denn Mortimer hatte Helen alles über dieses Geschäft beigebracht.

„Das bildest du dir nur ein. Der Prediger im Bus ist ein Oldie, der kommt nie aus der Mode. Meine Rolle ist viel schwerer. Ein Mann darf ein Unsinn brabbelndes, obszönes Schwein sein. Ich muss aber, wenn ich das mache, gegen alle Klischees ankämpfen. Du hast es noch einfacher. Deine Arbeit ist gesellschaftlich akzeptiert. Es wird wohl noch lange dauern, bis auch Frauen Ficken und Möse in der U-Bahn brüllen dürfen."

„Ja, aber du bist noch jung. In meinem Alter ist es fast unmöglich, sich beruflich weiterzuentwickeln. Ich bin ein Auslaufmodel. Heute gibt es so viel Konkurrenz. Früher hat es gereicht, etwas gegen die sozialen Konventionen anzutippen. Heutzutage wundert sich keiner mehr, wenn einer sich mit Alufolie den Kopf einwickelt, den Bus besteigt und vor einer Alieninvasion droht."

Es wurde spät, und die Leute von der Nachtschicht machten sich bereit für ihren Dienst. Einer von ihnen setzte sich zu Mortimer und Helen. Er trug ein T-Shirt der Band Guns and Roses. Mit einer kleinen Sprühflasche bespritzte er sich mit warmem Bier. Von einem Blatt Papier las er Nonsens-Sprüche ab, die er dann in den öffentlichen Linien zum Besten geben wollte. Wenn er sein Delirium vorspielte.

Helen beugte sich siegesgewiss zu dem neu
erschienenen Kollegen rüber.

„Hey Pete, hallo übrigens. Ich und Mortimer haben
gerade eine kleine Debatte am Laufen. Nur, um
meine Neugier zu befriedigen. Sagst du auch, dass
der Prediger im Bus ausgedient hat?"

Pete verneinte das vehement. „Spinnst du, der
Prediger im Bus ist ein Oldie."

Die Diskussion sollte noch lange dauern.

Aber während im Pausenraum heftig debattiert
wurde, schleppte sich ein Mann, der
Selbstgespräche führte, zur Stechuhr. Darüber hing
ein älteres Werbeplakat:

Wir kämpfen dafür, dass sich der Bürger für was
Besseres halten kann.

Wir von Freakcorp sorgen dafür, dass sich der Otto Normalverbraucher sicher sein kann, dass es noch ärmere Schweine als ihn gibt. Wir von Freakcorp sind dafür da, dass dem produktiven Part unserer Gesellschaft traurige Freaks serviert werden, die ihm sein eigenes Los noch besser erscheinen lassen. Egal wie arm, egal wie hässlich sie sind. Freakcorp sorgt für Freaks, auf die auch Sie herabsehen können. Freakcorp gehört die Zukunft.

In einem Atemzug

Der Mann hinter der gelben Maske rennt aus dem
Gebäude.

Seine schnellen Schritte bremsen abrupt vor der
Treppe ab. Nichts ist zu hören

Sekunden rührt er sich nicht.

Wieso ist der Motor still.

Ein Sprung über die Stufen, jagt über das
asphaltierte Feld.

Mit der Faust schlägt er an ein Seitenfenster.

„Tu es", brüllt er hinein.

Zwei-, dreimal, ertönt etwas maschinelles Leben
vorne.

Dann ist es wieder weg.

Die Gestalt im Wagen sackt in sich zusammen.

Schwere Atemstöße. Kurz und unregelmäßig.

Das war alles zu viel.

Nicht mehr zu ertragen.

Der Sturm dauert schon viel zu lange.

Bei einer Katastrophe denkt man immer, das sei etwas Gewaltiges.

Das schnell und zermalmend hereinbricht.

Wie eine Flutwelle.

Kurz und gnadenlos.

Aber solche Dinge haben ihre Ruhephasen.

In denen zwischen den Trümmern gelebt wird. Und man auf die nächste Welle wartet.

Der Mann hinter der gelben Maske spürt es.

Den Druck, der sich hinter den Häusern aufbaut.

„Er will nicht, dieser elende Dreckshaufen startet nicht.“

Der Mann hinter der gelben Maske schiebt die Gestalt von dem Fahrersitz weg.

Er betätigt die Zündung.

Eine rote Lampe leuchtet.

„Du hast vergessen vorzuglühen. Blöde Sau.“

„Was?", jammert die Gestalt und beugt sich nach vorne.

Seine Kraft gut einzuteilen erfordert noch mehr Kraft

Er muss etwas tief in sich aufstauen. Dass es nicht ausbricht.

Idiot!

Noch nicht zusammenbrechen.

Noch nicht.

Warten folgt, auf dass die rote Lampe erlischt.

Der Schrott muss sich erwärmen, sonst startet er nicht.

Das dauert.

Und hinten in den Gassen kommt es näher.

Die Motorhaube erzittert und rattert.

Da ist ein Schatten vorne.

Er hat es vergessen.

Er fliegt nicht, er hechtet nicht, er rennt nicht.

Er brennt die Weite nieder. Zwischen sich und der Kiste mit dem Impfstoff.

Hin und zurück zum Wagen.

Zurück zum Wagen.

Zurück zum Wagen.

Zurück.

Schwarze Scheiben des Krankenhauskomplexes spiegeln alles.

Seinen ganzen Weg.

Seinen ganzen verfluchten langen Weg.

In Sicherheit, fahren wir in Sicherheit.

Da leuchtet eine Lampe aus einem Fenster.

Zwei Hände von unterschiedlichen Menschen packen die Gangschaltung.

Der Motor gurgelt.

Ist bereit.

„Wir müssen nachsehen, sollen wir nachsehen.“

„Sag so einen Scheiß nicht, du weißt genau, was wir müssen.

Wir sind schon viel zu lange hier.“

Keine Diskussionen.

Der Mann hinter der gelben Maske sprintet aus dem Wagen.

Hinter ihm schrille Schreie.

Wieder spiegeln die Schwarzen Scheiben seine Schritte.

Ich will weg.

So viel von irgendwas zwischen mich und diese Scheiße bringen.

Aber die arme Sau da oben kann er nicht alleine lassen.

Laufen durch leere Gänge.

Laufen durch Gänge, wo die Dinge wie von einem Sturm quer geworfen herumliegen.

Wo ist das Zimmer?

Bin ich richtig?

In einem Zimmer voller Fische bleibt er.

Die Fische haben verträumt große Augen.

Und jeder zieht einen Regenbogenstreifen über die rosa Tapete.

Er sieht es nicht.

Ein Piepsen bringt ihn darauf.

Zu einem Glaskasten. Unterhalb der Lampe, die noch leuchtet.

Er spürt, dass etwas darin schläft.

Etwas, das zerbrechlich ist.

Wieso hast du dich vergessen lassen?

Mit einem klaren Blick sieht er hinein.

Ein kleiner Arm schaut zwischen den Decken heraus.

Wo auch transparente Schläuche hineintauchen.

Wieso hast du dich vergessen lassen.

Er schiebt den Kasten soweit es mit den Stromkabeln eben geht.

Bis sie wie dicke Taue spannen.

Ich brauche einen Generator.

Oder was mache ich?

Er versucht, einen Ordner zu finden.

Eine Krankenakte.

Wo vielleicht was drinsteht.

Finden, finden tut er nichts.

Ich bin kein Arzt.

Bin kein Arzt.

Zurück bei dem Glaskasten sieht er wieder, wie sich etwas bewegt.

Kurzer Blick auf die Kabel.

Scheißegal, wir schleppen es nach unten.

Du musst durchhalten.

Wer du auch bist da drinnen.

Zurück zum Wagen.

Laufen durch leere Gänge.

Im Dunkeln läuft er gegen einen Fremden.

Der drückt auf der Schalttafel des Lifts herum.

„Der geht nicht, warum geht denn der nicht, wissen Sie vielleicht …"

Kopfschütteln, dann drückt er wieder auf die Knöpfe.

Er murmelt ganz leise.

Macht keine Pause zwischen den Worten.

Weil es keine Pausen gibt in seinem dahinfließenden Singsang aus Worten.

Der Mann hinter der gelben Maske versucht, in dessen Gesicht zu blicken.

Die müden alten, stumpfen Augen suchen verwirrt nach einem Punkt.

Sie finden ihn nicht.

Der alte Mann war alt.

Den alten Mann später mitnehmen.

Auf dem Parkplatz ist es kalt.

„Da oben sind noch zwei."

„Was?"

„Ja, die wurden vergessen."

Schnell räumen sie den Wagen leer.

Doch leer wird er nicht.

Zu voll ist er auch noch, nachdem nur noch das Nötigste im Wagen ist.

„Dann muss einer von uns hierbleiben."

Das sagt er laut.

Damit der alte Mann einen Platz hat.

Das spricht er nicht aus.

Beide schauen sich an.

Keiner will dableiben.

„Gut, wer macht es?"

Gut, dass du es noch aussprichst.

Den Gedanken folgt ein anderer Gedanke.

Der keinem von ihnen gefällt.

Zuerst tragen sie den Glaskasten zum Wagen.

Ein Letztes noch bevor wir gehen.

Der alte Man darf nicht weg sein.

Er darf sich nicht versteckt haben.

Diese Angst bringt ihn zum Schwitzen.

Ein alter verwirrter Mann verschwindet schnell in einem so riesigen Komplex.

Er findet ihn nicht.

Ich finde ihn nicht.

Laufen durch eine Galerie mit Fenstern auf der rechten Seite.

Ein Stockwerk weiter unten sitzt er am Fenster und liest.

Der Mann hinter der gelben Maske erreicht den Raum.

Dort erwartet ihn ein Blick auf die Uhr und eine Frage.

Sie sind nicht die Schwester?

Ohne ein Wort tritt der Mann hinter der gelben Maske vor und packt einen Arm.

Nein nicht, was wollen Sie?

Kein Wort.

Keine Zeit.

Der Mann hinter gelben Maske schraubt den Arm des alten Mannes bei sich fest.

Leises Wimmern folgt der Abwärtsbewegung der Nadel.

Der Nadel der Spritze.

„Wieso wwwieso waswas …

Der alte Mann wehrt sich so stark wie er kann.

Doch seine Kraft ist am Ende.

Der Mann hinter der gelben Maske rennt wieder den Gang hinunter.

Der alte Mann würde sicher vergessen, was passiert war.

Und einfach schlafen.

Das war die beste Gnade, die ich ihm geben kann.

Auch wenn ich dazu brutal sein musste.

Er würde es vergessen.

Wahrscheinlich.

War die Dosis hoch genug?

Sicher.

So sicher fühlt es sich gar nicht an.

Panik erwartet ihn draußen.

„Ich glaube, es ist tot."

Glaubst du oder weißt du es?

Hast du es nicht feststellen können?

Das spricht er auch nicht aus.

Weil er sich selbst diese Fragen auch gestellt hat.

Im Glaskasten scheint sich nichts mehr zu bewegen.

Oder ist er nur so aufgeregt, dass er nicht mehr klar sieht.

Er muss hineinlangen.

Die Luft wiegt bleiern schwer.

Die Hand auch, die er ausstreckt.

Dann eine Sirene in der Ferne.

Beide schauen in verschiedene Richtungen.

Der Ton ist überall.

Beide rennen zum Wagen.

Weg, weg, weg, nur nichts wie weg.

Im Fahrzeug fühlt er sich kurz vor dem Zerreißen.

Die Erde wird sich nicht auftun.

Kein gezackter Riss wird vor dem Kühler sich
aufreißen.

In einer langen Schlaufe fährt der Wagen über den
leeren Parkplatz.

Weg von dem leeren Krankenhaus in der leeren
Stadt.

Wie viele sie gerettet haben?

Wie viele da rausgekommen sind?

Er hat das Fenster runtergeschraubt und seine
Maske abgezogen.

Nur für eine kurze Sekunde.

Nur den Wind seine verschwitzten Haare durchstreichen lassen.

Das ganze Land war kontaminiert.

Sei es drum.

Dann fühlt er den brennenden Dolch in seiner Brust herumwühlen.

Eine lange Straße sorgt dafür, dass er ihn sieht.

Im Rückspiegel.

Hinter dem Wagen ziehen schwere graue Wolken auf.

Und der alte Mann winkt ihnen vom Parkplatz aus zu.

Wo endet die Welt?

Der Samen des Zweifels war schon sehr in Jem gesät
worden. Doch sollte es noch an Geduld reiche Jahre
dauern, bis er ausgewachsen war und Früchte
tragen sollte.

Wie alles scheinbar Große, begann die Geschichte
von Jems Zweifel mit etwas scheinbar Kleinem.

Es geschah am Tag, im geschäftigen Treiben eines
Marktplatzes.

Jems Eltern hatten einen Medicus aufgesucht, weil
Jems Vater angefangen hatte zu schlafwandeln.

Die Praxis des gelehrten Herrn lag in einer Arkade,
neben einem Obststand und einem Laden, der
Sanduhren führte. Jem hatte draußen gewartet, als

sein Vater die obligatorische Behandlung mit
Blutegeln zuteilwerden sollte.

Egal mit welchen Beschwerden die Bürger zum Arzt
gingen, die Blutegel waren als Arznei immer in
Griffweite. Oder sie wurden zur Ader gelassen.

Jem hatte sich auf den Stufen der Arkaden
niedergelassen.

Hinter sich hörte er seinen Vater fluchen. Die
erwartete Aussicht auf einen langweiligen Tag
wurde schnell von einer Gestalt zerstäubt, die den
Marktplatz betreten hatte.

Eine tiefschwarze Kutte bedeckte den ganzen
Körper. So auch den Kopf.

Was Jem in den Gesichtern der Menschen sah, sollte
er nie wieder vergessen. Alle Gespräche waren

verstummt. Wäre die Gestalt in Flammen gestanden, hätte sie nicht weniger Aufmerksamkeit erregt.

Jem hörte einen Mann unweit von sich flüstern. „Das ist der Prediger", raunte der Mann, als ginge es um seine Seele.

Die Gestalt war auf die Mitte des Platzes getreten. Ein Ring aus Menschen bildete sich um ihn. Darin war auch der kleine Jem, der sich an den schweren Körpern vorbeipressen musste.

Als er ganz vorne war, sah er, dass die Gestalt immer noch nicht die Kapuze von ihrem Kopf gezogen hatte. Jems Phantasie gebar wegen der Ungewissheit die wildesten Grimassen.

„Höret, ihr, die ihr glaubt ‚die Welt zu kennen, in der ihr euch sicher wähnt wie in einer geheizten Stube, ihr träumt einen tiefen Traum."

Jem erschrak durch die Stimme des Mannes. Sie klang schrill und war unangenehm. Doch etwas hielt ihn von Anfang an gefangen.

„Einen Traum lebt ihr. Aber anders als die Welten, die ihr euch im Schlaf ausdenkt, wacht ihr nicht von selber wieder auf. Nein! Ihr müsst euch selber aus den Klauen der Lügen befreien. Oder in diesen Pranken verdorren." Das letzte Wort hatte er geknurrt, wie eine Raubkatze.

Jems tiefstes Inneres hatte er damit zum Vibrieren gebracht, einer Trommel ähnlich. Von welcher Lüge sprach dieser Mann?

Was meinte er damit, sie würden alle einen Traum leben?

Ein lautes Schmatzen hatte dann Jem aus seinen Gedanken geweckt. Es kam von einem Mann, der seelenruhig in einen Apfel biss. Nicht nur Jem war auf diesen Mann aufmerksam geworden.

Der Junge konnte immer noch nicht das Gesicht des Predigers sehen. Nur seine Hakennase bohrte sich wie ein Speer durch die Luft.

„Du, du da, das laut mampfende Schwein mit dem Apfel. Was glaubst du, bist du wach oder schläfst du?" In einer, in seinem Fall eher seltenen Gelegenheit von kurz aufblitzender Schlagfertigkeit sagte der Kauende mit vollem Mund, wenn er träumen würde, könnte er nicht diesen Apfel essen.

Was nicht nur Jem, sondern auch den Prediger sprachlos machte.

Dann richtete der Prediger wieder seine Aufmerksamkeit der wartenden Menge zu.

Er erzählte ihnen, dass alles, was sie über diese Welt zu wissen glaubten, eine große Lüge war.

Weiter sollte der Prediger an diesem Tag nicht kommen. Wer weiß, was mit Jem passiert wäre, wenn er mehr von dem Prediger bereits an diesem Tag erfahren hätte.

Aber die Polizei machte dem Tumult schnell ein Ende. Zwei Beamte führten den Mann in der schwarzen Kutte ab, der aber weiterhin der Menge seine Worte zurief.

Jem versuchte den Mann so lange wie er konnte im Blick zu behalten. Aber dann fanden ihn seine Eltern, die nur deshalb diesen Bereich des Marktes betreten hatten, weil sie die Polizeibeamten erblickt hatten. Ihre Rufe waren nämlich von Jem nicht gehört worden. Aber sie fanden ihn und nahmen ihn mit.

Der Weg nach Hause sollte ein besonderer werden.
Denn nichts war mehr so, wie es einmal gewesen
war. In Jems Herz hatte sich ein Funke entzündet,
ein kleiner nur. Aber während seine Eltern sich
lautstark über die gesalzenen Preise des Heilers
beklagten, zogen sie einen träumenden
Zehnjährigen hinter sich her. Normalerweise war der
verträumte Glanz bei Jungs nur zu finden, wenn sie
eine nackte Frau sahen. Aber Jem hatte begonnen,
von etwas anderes zu träumen.

An diesem Tag war die Saat des Zweifels in Jem
gesät worden.

Jahre später hatte sich nicht viel in Jems Leben
geändert. Außer dass er größer geworden war, und
dort Haare wuchsen, wo vorher nur nackte Haut
gewesen war.

Was sich auch verändert hatte, waren die Gespräche mit seinem Vater. Der kommunizierte fast ausschließlich durch Brüllen mit ihm. So wie jeder Mann seiner Familie hatte Jem ein anständiges Gewerbe zu lernen. Nämlich das seines Vaters und dessen Vaters. Jems Familie kannte nur einen Beruf, den des Rischkafahrers.

Etwas anderes kam gar nicht in Frage. Was jetzt nicht an einem falschen Zunftstolz lag.

Jems Familie konnte sich einfach keinen anderen Beruf vorstellen. Waren die Burschen groß und kräftig genug, dann konnten sie auch in die Pedale treten. Nur war Jem kein besonders guter Rischkafahrer. Das lag daran, dass er sich nicht besonders auf den Straßenverkehr konzentrieren konnte, weil ständig etwas zu lesen vor seiner Nase hing.

Dass Jem eine Vorliebe für Bücher entwickelt hatte, war seinen Eltern ein Dorn im Auge.

War diese erwachende Leselust noch zu Anfang als unverständliche Neugier eines Kindes durchgegangen, das schon noch verschwinden würde, mussten sie feststellen dass die nach Wissen gierenden Flammen nicht erlöschen wollten.

Was der Hauptgrund für Jems Vater war, ihn anzubrüllen. Zu oft fand er seinen Sohn dabei, wie er etwas zu lesen auf der Lenkstange seiner Rikscha gelehnt hatte und darin versunken war.

Während die anderen Fahrer mit ihren kräftigen Stimmorganen den Menschen auf dem großen Platz mit allerhand Märchen über ihre Schnelligkeit und niedrigen Preise auf die Nerven gingen.

Jem tat so etwas nicht. Seine Philosophie war, wenn jemand mit ihm fahren wollte, dann sollte er einsteigen. In diesen Momenten fragte sich sein

Vater, ob das denn wirklich sein Sohn war. Natürlich
nur ganz heimlich. Jem war so anders als er. In
seiner Jugend war der Vater der aufdringlichste,
aber auch erfolgreichste Fahrer gewesen. Beliebt bei
den Mädchen und ein guter Kartenspieler. Sein Sohn
war das alles nicht. Frauen schienen ihm nicht so zu
interessieren. Kartenspiele langweilten ihn. Das
Einzige, worüber der Junge sprach, oder bei dem
Abendessen mehr predigte als sprach, waren
Themen von Gelehrten. Für Gelehrte gedacht, und
Jems Vater verstand nie auch nur ein Wort. Rechnen
und Lesen wurden von einem Rikschafahrer schon
verlangt. Aber kein Gesetz schrieb diesem Stand
Gelehrsamkeit vor. Das wurde nicht gebraucht.

So kam es, dass Jem seine Rischka auf dem großen
Platz neben dem Gerichtsgebäude geparkt hatte.

Nicht Fahrgäste waren sein Ziel, sondern die Verlautbarungen, die ein Gerichtsdiener an einem Brett aufhing. Jem las nämlich alles, was er in die Finger bekam. Bücher waren teuer und seine Mittel begrenzt. Deswegen las Jem auch gerne die öffentlichen Anschläge des Gerichtes. Er gab es nicht gerne zu, aber Jem las gerne die Geschichten von den Verbrechen.

Ungeduldig starrte er über die Schulter des Gerichtsdieners, der sich wohl alle Zeit der Welt für das Aufhängen genommen hatte. Heute sollte ein Mann wegen Blasphemie an den Pranger gestellt werden. Gierig las Jem das Protokoll, während ein missgelaunter Beamter mit unterdrückten Flüchen sich an dem jungen Mann vorbeischob, der sich in seinen Weg gestellt hatte.

Jem las, bis er auf einige Worte stieß, die der Mann von sich gegeben haben soll. Diese Worte gefroren zu Eis, als er sie las. Der Prediger, der Mann vom

Marktplatz, sollte zum Pranger geführt werden. Jahrelang hatte Jem versucht, den Mann wieder ausfindig zu machen. Aber der Prediger war an jenem Tag aus der Stadt verbannt worden.

Mit dem Verrinnen der Zeit waren natürlich Jems Interessen auch zahlreicher geworden. Aber kaum hatte er die Worte des Predigers wiedererkannt, begann sein Herz wild zu klopfen.

Jem suchte das Dokument nach dem Datum ab, wann der Prediger zum Pranger geführt werden würde. Freudig stellte er fest, dass es an diesem Tag geschehen sollte.

Aber gleich nach dieser Erkenntnis erlosch auch wieder die Freude.

Er hatte den ganzen Tag bis zum Abend Dienst. Er dachte an seinen Vater, dessen Stimmung ja schon auf einem Tiefpunkt war. Jem wollte die gereizte Stimmung zu Hause nicht noch mehr eskalieren lassen. In mürrischer Stimmung ging der junge Mann wieder zu seinem Fahrzeug. Wo schon ein Fahrgast wartete. Jem hörte nur mit einem Ohr zu, als der Mann unhöflich sein Fahrziel brabbelte. Jem saß auf und stieg in die Pedale. Wohl zu emotional. Denn als er die Straße runtersauste, übersah er einen Milchlaster. Der aber rechtzeitig ausweichen konnte.

Das große braune Pferd wieherte protestierend auf, die Milchkannen klirrten wie Glocken, als der Transporter auf den Gehsteig ausweichen musste und die Passanten erschrocken zur Seite sprangen. Jems Fahrgast reagierte ähnlich wütend wie sein Leidensgenosse auf dem Milchlaster.

Aber beide zeigten von Solidarität nicht die Spur. Beide brüllten sich über die Straße hinweg an, bis dem Fahrgast sein Irrtum klar wurde und er seine Wut auf das richtige Ziel lenkte.

„Haben Sie das nicht gesehen, können Sie das nicht sehen, wo haben Sie Ihre Augen, haben Sie überhaupt Augen?“

Der Mann war gefangen zwischen Rage und einem ordentlichen Schock. Jem war aber in seiner eigenen Welt. Seit jenem Tag auf dem Marktplatz hatte er sich ein erstes Treffen mit dem Prediger immer wieder vorgestellt. Endlich zu fragen, was er mit seinem Rätseln damals gemeint hatte.

Mit tief über das Lenkrad gebeugten Rücken trat Jem seine ganze Wut in die Pedale. Was dazu führte, dass Jem noch weniger auf den Verkehr achtete. Was dazu führte, dass sie schneller fuhren. Was dazu führte, dass sein Fahrgast ihn anschnauzte.

„Es ist helllichter Tag, achten Sie doch auf den Verkehr Mann. Bei allen Heiligen.“

Diese Worte schossen wie ein Speer in Jems graue Welt.

Tagsüber konnte er nicht zu dem Pranger. Aber nachts konnte er sich doch aus dem Haus schleichen. Er würde, wenn alles klappte, doch noch den Prediger sehen. In diesem Moment hätte sich Jem wohl etwas beruhigt und seine Sinne wieder der realen Welt und dem sehr realen Straßenverkehr zugewandt. Jems Euphorie hatte aber andere Pläne. Die achtete auch nicht auf die Nerven des Fahrgastes, dem der Stimmungsumschwung seines Fahrers sehr wohl aufgefallen war. Seine Angst kannte keine Grenzen mehr. „Hilfe, ein Wahnsinniger hat mich entführt."

Aber sein Brüllen ging in dem Rauschen des Verkehrs unter, in die Jem die Rischka mit nie gekannter Energie lenkte.

Das Abendessen verlief sehr schweigsam. Die Blicke von Jems Vater hatten sich in die Tischplatte gebohrt und dann durch den Boden in das tiefe Erdreich. Ihm war natürlich die Beschwerde des Fahrgastes zu Ohren gekommen. Hatte sich aber die Predigt gespart, weil es bei Jem sowieso nie fruchten wollte. Trotz der Stille konnte man die Flammen in seinem Blick knistern hören.

Jem löffelte brav seine Suppe und dankte insgeheim in tausend Stoßgebeten seiner Mutter.

Er wusste, wem er es auch zu verdanken hatte, dass sein Hals der wohlverdienten Schlinge noch entkommen war. Jems Mutter starrte genau in die Mitte der beiden und löffelte müde. Man konnte ihren Ausdruck im Gesicht leicht als Traurigkeit missverstehen. Zwar hatte sie ihre ganze Kraft dafür gegeben, dass sich ihr Gatte beruhigt hatte. Zumindest soweit, dass er wieder normale Worte sprechen und mehr ausdrücken konnte, als ein zorniges Kauderwelsch durch die Stube zu brüllen. „Dieserbengeldemreiseichdenkopfabundmacheeinel

ampedrausdasserauchinderscheissdunkelheitlesenk
ann …"

Aber das monotone Mahlen der Münder, das
Schaben der Löffel in den Schalen waren pure Musik
für sie. Sie liebte ihren Sohn, doch manchmal war
auch eine Mutter erholungsbedürftig.

Jem lag ein, zwei Sekunden lang in der Dunkelheit
seines Zimmers. Es hatte keine Tür. Ein dicker, grober
Vorhang trennte den Blick in das Stiegenhaus.

Jem dachte unter der Bettdecke über die Hürden
nach, die vor ihm lagen. Ein Problem war die steile,
knarrende Stiege. Über die war einmal sein
Großvater in der Dunkelheit ums Leben gekommen.
Das hatte damals auch einen ordentlichen Lärm
gemacht.

Um sich wieder Mut zu machen, holte er seinen Schatz unter dem Bett hervor.

Jem konnte das Buch kaum mit nur einer Hand hochheben. Er zündete keine Kerzen an, weil er Angst hatte, das Licht könnte durch einen Spalt im Vorhang scheinen. Also begnügte er sich mit dem Mondlicht. Er wollte das Geschriebene nicht lesen. Das konnte er sowieso auswendig. Er wollte nur, dass das Licht der Nacht eine bestimmte Seite sichtbar machte.

Es war eine Illustration des Sonnensystems, Jem begehrte dieses zu sehen. Die Erde befand sich in der Mitte und die anderen Himmelskörper umkreisten sie. Jem fand diese Karte wunderschön. Ein Händler hatte ihm das Buch verkauft. Es hatte fast einen Monatslohn gekostet, obwohl das Buch schon sehr alt war. Die Himmelskörper, die sich auf goldenen Kreisen bewegten, waren alle mit Gesichtern verziert. In einer kleinen Kolumne am

Rande der Karte konnte man astronomische Daten lesen. Jem schlug das Buch zu und las den Titel auf dem Deckel der Karte.

„Über die Bewegungen des Himmels.“

Es war die erneute Auflage eines Buches, das von einem Mönch vor langer Zeit geschrieben worden war. Das letzte Kapitel bestand aus kritischen Anmerkungen eines anderen Mönches, der viele Jahrhunderte später dessen Buch kopiert hatte. Dieser Geistliche war aber auch schon lange tot. Das Wissen in diesem Buch war also schon sehr alt. Jem wusste nicht, was davon noch richtig war und was nicht. Jems Wissen war wie der Vorhang seines Fensters, der die Abendluft draußen halten sollte. Es war ein geflicktes Stück Stoff, die Teile waren aufgeschnappte Gespräche von Reisenden in den Tavernen und in der Hektik gelesener Bücher, bevor der Buchhändler einen wütend verscheuchte. Deswegen wollte er zum Prediger. Er war gewiss ein gebildeter Mann. Zwar ein Ketzer, aber sicher jemand, der sich mit genau diesen Fragen beschäftigt hatte, die Jem so quälten.

Eine richtige Ausbildung bekamen nur die Mönche des Ordens des Auge. Sie waren es, die das Wissen der Menschen vertieften und weitergaben. Sie entschieden, wer auf ihre Universitäten durfte und wer nicht. Meistens waren es Leute aus dem Adel oder dem Bürgertum, die lernen durften. Jem war von niederem Stand. Für ihn waren die Tore der Universität verschlossen.

Als die Stille der Nacht angebrochen war, verließ er sein Zimmer. Unter seinen nackten Füßen konnte er das Nachgeben der Stiegenbretter spüren. Sie fühlten sich für seine Zehen nicht mehr hart an, sondern wie ein weicher Brei, der aus Bosheit nachgab und trotz seiner Beschaffenheit knarrte.

Sein Herz pochte, als wollte es aus seiner Brust fliehen, er versuchte, sich nicht in der Dunkelheit den gekrümmten Leib seines Großvaters vorzustellen, der vor der ersten Stufe lag.

Aber er schaffte es bis in die Stube. Wo er seine Stiefel neben der Tür warten sah.

Als er seinen Vater traf, der gerade grunzend den Abort verlassen hatte.

Sein Oberkörper war nackt und seine beiden Hände hielten die Hose. Mit etwas Glück wäre ihm sein Sohn nicht aufgefallen, weil es in der Stube stockdunkel war. Nur trug Jem eine Lampe, die sein erschrockenes Gesicht hervorragend beleuchtete. Das Haupt von Jems Vater wurde aber nicht von dem warmen Licht getroffen, deswegen wusste Jem auch nicht zu sagen, welche Farbe dessen Gesicht wohl angenommen hatte.

„Wo willst du hin?" Die Frage kam in einem erschreckend nüchternen Tonfall. Jem tauchte verzweifelt in einen Haufen passender Worte und versuchte, das Buch hinter seinem Rücken verschwinden zu lassen. „Ich wollte etwas tun, wohin wollte ich gehen, ich meine, ich wollte wohin gehen." Er zeigte auf die Tür des Klos und wünschte sich einen Hausbrand.

Sein Vater folgte der Geste und starrte auf die Tür. „Deswegen hast du dir eine Lampe angemacht?"

„Ja, tut mir leid. Das Öl kostet Geld und ich würde den Weg auch im Dunkeln finden. Aber du weißt ja, wie sehr es mich sträubt, über die steile Stiege zu gehen."

Fast hätte Jem sich diese Ausrede auch selber geglaubt. Aber dieses nur „fast" reichte, um sie auch nicht auszusprechen, sondern sie für sich zu behalten.

„Dass du irgendwohin wolltest, war mir schon klar, als ich dein erschrockenes Gesicht gesehen habe. Nur, ich glaube dir nicht, dass du nur zum Kacken aufgestanden bist.“

Gerade an diesem verzweifelten Punkt fiel Jem das Lesezeichen seines Buches ein.

Sein Plan, nicht zu stammeln, ging in die Hose. „Also, da sieht du den Grund, warum ich nicht auf das Klo wollte, ich meine, da siehst du etwas, so eine Person.“

Unter seinen wenig Sinn ergebenden Worten gab er es seinem Vater, der es mit gerunzelter Stirn nahm. Mit noch faltigerer Kopfhaut nahm er seinem Sohn dann auch noch die Lampe weg, weil er nicht glauben konnte, was er auf dem Lesezeichen sah. Es war das Bild einer jungen Frau.

„Ist das deine Freundin?“ Jem nickte.

„Du hast eine Freundin und wolltest dich nachts hinausschleichen, um sie zu treffen?“

Jem nickte wieder und kam sich dabei so vor, als würde er sein Todesurteil unterschreiben.

Ehe er sich versah, wurde er von seinem nackten Vater umarmt, der keinen Gürtel trug und keine Hand mehr frei hatte. Er wurde in einem Stuhl gedrückt und sein Vater holte die gute Flasche Birnenschnaps heraus. Man musste ja schließlich darauf anstoßen, dass der eigene Sohn nicht gänzlich aus der Art geschlagen war. Was Jem seinem Vater aber verschwieg, war, dass er das Bild einem Jungen aus dem Viertel abgekauft hatte. Der führte einen gut gehenden Handel mit Bildern seiner Cousinen. Jem war natürlich auch der Versuchung erlegen.

Da er die Hoffnung seines Vaters auf eine baldige Schwiegertochter nicht nehmen wollte, oder noch nicht nehmen wollte, trank er gezwungen den Schnaps und hoffte das Beste.

Der Weg durch die Gassen der schlafenden Stadt dauerte lange. Mit der Rischka wäre es natürlich schneller gegangen. Nur wollte er nicht auffallen.

Der Pranger stand am hinteren Ende des großen Platzes. Gegenüber der großen Uhr.

Der Häftling konnte so das Vergehen seiner Strafe beobachten. Jem konnte es nicht glauben, aber dort am Pranger stand die Gestalt im schwarzen Mantel.

Diesmal war die Kapuze zurückgeschlagen und er blickte auf einen kahlen Schädel. Als er näher trat, sah er deutlich Altersflecken. Der Mann hörte die späten Schritte.

„Welcher vor Langeweile geplagte Schweinehirte ist aus seiner Schenke gekommen, um kurz nach

Sperrstunde mir das Leben schwer zu machen. Sei
froh, dass mein Kopf hier feststeckt, sonst würde
mein Stiefel in deinem Arsch verschwinden.“

Offenbar hatte der Priester keinen Besuch erwartet.
„Ich bin kein Schweinehirte.“

Innerlich haute sich Jem eine herunter. Das Buch
hatte er noch immer hinter seinem Rücken
versteckt. Die Worte des Mannes klangen noch
genauso wie in seiner Kindheit. Zwar hatten sie nicht
gerade den poetischen Inhalt von früher. „Ich habe
Sie einmal sprechen hören. Auf einem Marktplatz.
Ich war damals noch ein Kind. Doch gehen mir Ihre
Worte seither nicht mehr aus dem Kopf.“ Jem
kratzte auch seinen letzten Rest Mut zusammen und
sprach weiter. „In all dieser Zeit habe ich versucht zu
verstehen, was Sie damals zu uns sagten. Ich habe
viel gelesen und nachgedacht“ – Jem glaubte bei

dem Wort lesen ein lautes und verächtliches Schnaufen des Mannes wahrzunehmen – „aber ich kam nicht dahinter."

Er wollte seinen Worten Zeit geben, zu wirken. Nur schien der Prediger keine Geduld zu haben.

Denn aus dem Kopf im Pranger kam ein meckerndes Lachen.

„Du bist noch sehr jung, oder? Das höre ich an deiner Stimme."

Der Mann wollte seinen Kopf heben, schaffte es aber nur, dass seine Augen einen seltsam schielenden Ausdruck bekamen. Er drehte seinen Kopf in dem schweren hölzernen Joch nach beiden Seiten und seufzte dazu.

„Junge, du siehst doch, dass ich wie ein Ochse im Joch stecke. Kannst du dich bitte so hinstellen, dass meine alten Augen dich auch erblicken können."

Nachdem Jem von einer passenden Stelle aus betrachtet worden war, durfte er näher treten.

„Also du willst mehr von meinen Lehren erfahren", fragte der Prediger.

In Jem brach ein Damm, der all die jahrelang zurückgehaltene Sehnsucht gestaut hatte.

Wie ein kleines Kind vor einem aufregenden Tag, erzählte der junge Mann ohne oben und unten von seinen Gedanken. Aber der Prediger schien mehr Interesse an dem Buch zu zeigen, das Jem nun nicht mehr verbarg. Begeistert zeigte Jem ihm das Buch und erklärte, wie viel er daraus gelernt hatte. „Das hast du dir gekauft, von deinem eigenen Geld?", fragte der Prediger. Den Ton in seiner Stimme deutete Jem falsch. „Ja, ich habe lange dafür gespart."

Jem hielt das Buch so, dass es der Prediger in seiner Lage sehen konnte. Dann traf ein Schwall Spucke den Buchrücken. „Was soll das", rief Jem verzweifelt und wischte mit seinem Ärmel über das Buch, als hätte er es aus dem Wüstensand gezogen.

Der Prediger meckerte wieder. „Du bist genauso verblendet wie der Rest dieser Stadt. Wie der Rest dieses Landes." Jem ließ den Ärmel sinken. „Was meint ihr?"

„Das Buch meine ich, dieses abscheuliche Buch in deinen Händen, das dir den Geist vernebelt hat. Du glaubst, du hättest etwas gelernt, weil du der Einzige in deiner Gasse bist, der ein ganzes Buch gelesen hat. Aber wer hat es geschrieben?"

Jem wollte den Namen des Autors sagen, doch der Prediger fuhr ihm dazwischen. „Ein Mönch war es, vom Orden des Auges. Sie sind es, die uns belügen. Alles, was du gelesen hast, über unsere Welt war und ist eine dreckige Lüge."

Jem hielt das Buch in seinen Händen und konnte nicht glauben, was er da hörte. „Was meint ihr mit gelogen?"

Der Prediger hob einen Zeigefinger. „Siehst du die Sterne?"

Jem bejahte das. Der Prediger zeigte runter zur Erde. „Unter uns ist doch die Erde, oder?"

Jem bejahte auch das.

„Genau das ist die Lüge", raunte der Mann am Pranger geheimnisvoll.

Jem ging auf die Knie, das Gesicht so nahe an das des Predigers gehalten, dass er die nach Zwiebeln stinkende Feuchtigkeit des Mundes spüren konnte.

„Sagt es mir", bat er. „Lasst mich teilhaben an eurer Lehre."

„Sieh noch mal nach oben." Während Jem nochmal in die Nacht hinaussah, hörte er die Worte, die sein

Leben ab jetzt bestimmen sollten. „Du siehst in das Innere der Erde hinein. Das, was du siehst, ist nicht der Nachthimmel, sondern der Bauch der Erde. Wir befinden uns auf dessen Grund."

Jem schlug in seinem Buch die Seite mit der Karte auf. Das, was er gehört hatte, war ihm so fremd, wie es nur sein konnte. Er betrachtete wieder die goldenen Kreise, auf denen sich die Kugeln der Planeten bewegen sollten. „Wie kann das sein? Was sind dann die Sterne, die ich da oben sehe? Wie bewegen sie sich, wenn wir uns doch im Inneren der Erde befinden?"

Der Prediger gebot ihm zu schweigen, obwohl Jem vor lauter Fragen kaum atmen konnte.

„Ein großes Haus braucht Zeit, bis es gebaut wird. Alles kann ich dir nicht erklären. Nicht hier am Pranger und nicht in dieser Nacht. Wenn du die Wahrheit erfahren willst, dann musst du mit mir kommen und meine Lehren erfahren. Und mein Schicksal teilen.“

Jem versuchte sich vorzustellen, was diese Worte bedeuten mögen.

„Ich werde mein Zuhause verlassen müssen?“

Der Prediger nickte. „Nur ein Leben der Entsagung kann dich auf den richtigen Weg führen.

Denk darüber nach, mehr kann ich dir nicht sagen. Auch die Entscheidung kann ich dir nicht abnehmen. Gehe erst mal nach Hause und lass dir diese Worte zu Herzen gehen.

Es ist eine schwierige Entscheidung, das weiß ich. Hör mir zu, in drei Tagen breche ich auf und verlasse diese Stadt erneut. Mir wird dieses Loch nicht fehlen. Aber an der Weggabelung hinter dem Haupttor werde ich warten. Dann wird sich zeigen, ob ich meinen Weg wieder alleine gehen muss.“

In dieser Nacht ging Jem noch an einer Gasse vorbei, wo man tagsüber den Turm der Zitadelle gut sehen konnte. Dort befand sich die Sternenwarte des Ordens. Bei Sonnenlicht sah er majestätisch aus. Er schien dann in Wolken hinein zu reichen. Er wandte seinen Blick von dieser Vorstellung ab und richtete sie auf ein Symbol, das an einer Wand angebracht war und seinen Gefühlen entsprach.

Es war das Ornament eines offenen Auges. Dieses Zeichen war an vielen Wänden in diesem Land angebracht und sollte die Bürger an ein rechtschaffenes Leben gemahnen.

Niemand sollte glauben, dass er sich dem Orden entziehen konnte. Zwar war das nur alter Aberglaube, wonach diese Ornamente „richtige" Augen waren, mit denen die Mönche den

Lebenswandel der Menschen kontrollierten. Aber als Zeichen der Macht taten sie ihre Wirkung.

Jem dachte wieder an den Turm und an die Zugvögel, die an ihm vorbeiflogen. Man sagte zwar: frei wie ein Vogel. Doch folgten diese Tiere auch nur ihrem Weg. Jem dachte an den seinen. An das Leben als Rischkafahrer. Er schien ihm vorgezeichnet. Er würde ins Wirtshaus gehen, mit brennenden Waden wie sein Vater. Er würde eine Frau finden, wie sein Vater.

Er würde alles tun, was alle Mitglieder seiner Familie schon immer getan hatten. Der Orden würde ihn vielleicht aufnehmen. Oder auch nicht. Darauf konnte er sich nicht verlassen. Was, wenn der Prediger die Wahrheit sprach?

Was, wenn der Orden des Auges log? Die Fragen änderten sich. Ihr Feuer blieb. Auf seiner Rikscha konnte er die Antworten und die Wahrheit nicht finden. Das wusste er.

Am Haupttor herrschte ein reger Verkehr. Auch wenn sich nichts bewegte, weil die Wagen der Händler von sich an ihrer Freiheit erfreuenden Hühnern blockiert wurden.

Ihr Besitzer versuchte unterdessen verzweifelt, die Tiere wieder einzufangen, wobei ihre Bemühungen von den Flüchen und Kosenamen der anderen Händler begleitet wurden. Unweit davon saß auf einem Baumstumpf an einer Weggabelung eine Gestalt im schwarzen Umhang. Sie schaute zwar Richtung Tor, doch suchte sie in dem Anblick keine Kurzweil. Ein junger Mann kämpfte sich durch das Chaos und rempelte aus Versehen einen Polizisten an, der ein soeben eingefangenes Huhn wieder losließ.

Der Prediger nahm sein Bündel und machte sich auf den Weg. Denn, trotz aller Schwierigkeiten, würde der junge Mann sicher schneller sein als er.

In den nächsten Jahren sollte sich einiges in Jems Leben ändern. Er wuchs zu einem Mann mit breiten Schultern heran. Sein kantiger Kopf trug seine glänzenden pechschwarzen Haare. Er war ein markanter Anblick, nur seine buschigen Augenbrauen, die dichtem Gestrüpp am Wegesrand ähnelten, störten ihn.

Was noch wichtiger als seine körperliche Veränderung war, war die Tatsache, dass er lernte, Worte zu gebrauchen. Die Predigten, die er auf Märkten und in Gaststuben hielt, waren eine harte Schule. Doch sie machte sich dahingehend bezahlt, dass er es immer besser verstand, sich das Gehör unterschiedlicher Leute zu verschaffen. Bald machte es keinen Unterschied, ob er mit einem Wollhändler in seiner feinen Wohnung oder vor einem Schmied sprach, der gerade vor seinem Amboss stand.

Das Wichtigste für ihn war aber der Unterricht des Predigers in dessen Lehre. Danach war die Welt ähnlich wie ein Ei geformt und die Menschen lebten auf der Innenseite der Hülle des Eis. Gott hatte sie dahin aus dem Paradies verbannt und dann diese Welt verlassen. In der Lehre des Predigers gab es keine Hölle und keinen Himmel. Der Mensch musste wieder zu Gott zurückkehren.

Der Orden des Auges war ein Werk des Bösen, dazu gemacht, den Menschen die Augen zu schließen. Deswegen durften sie auch den Irrlehren des Ordens keine Beachtung schenken.

Jem hatte mit vollem Herzen diese Lehre aufgenommen und war seinem Meister gefolgt.

Doch über die Jahre begann er etwas zu bemerken, was ihn doch sehr erschreckte.

Der Prediger brachte ihm auf ihren Wanderungen alles bei was er wusste. Aber bald bemerkte Jem, dass er vielen Fragen aus dem Weg ging, oder sie nicht beantworten wollte. Jem hatte ihn gefragt, was sein Standpunkt zu den Lehren der Vier Elemente sei. Der Prediger hatte sich nicht interessiert gezeigt. Erste Zweifel an seiner Lehre kamen Jem, als sie in die Ödnis ziehen sollten, um zu meditieren und zu fasten. An der Westgrenze, wollte sie der Zöllner zuerst nicht durchlassen. Aber die Redekunst von Jems Lehrer brachte den Beamten dazu, sie doch gehen zu lassen, nur unter dem Versprechen, dass er bei ihrer Rückkehr alles aufschreiben durfte, was dem Meister an Erleuchtung widerfahren war.

Die nächsten Monate in den Wäldern, waren davon geprägt, dass Jem Essbares und Feuerholz sammelte und gegen den nervigen Nieselregen ankämpfte, der seine Kleider bald klitschnass machte und so mithalf, dass die Kälte durch sie durchkriechen konnte. Sein Meister war zu einem Götzen geworden, der mit untergeschlagenen Beinen am Feuer saß, bis der letzte Funke gestorben war und Jem Nachschub brachte. Auch wusch sich sein Meister nicht mehr. Wegen dessen Geruch fiel es Jem leicht, seinen Meister im Wald zu finden.

Die Vision, die der Meister hatte, brachten sie wieder in das Land des Ordens, nicht ohne bei dem Zöllner Halt zu machen. Ihr Weg führte sie zu den Städten des Meeres, wo Jems nun doch schon stärker werdende Zweifel an der Lehre des Meisters weitere Nahrung bekommen sollte.

Der Prediger hatte in den Wäldern des Westens die Vision gehabt, wonach ein guter Geist in Form eines Fischwesens aus dem Meer gestiegen war. Jeden, der offen für seine Wahrheit gewesen war, hatte dieses Wesen auf besondere Weise gesegnet, mit einer Taufe, in dem der Gläubige seinen Kopf in das Wasser tauchen sollte. Sie wanderten durch Fischerdörfer und tauften deren Bewohner, indem Jem und der Prediger ihre Köpfe in das Meerwasser tauchten. Jem hätte schwören können, dass er den Fischgeruch, der sich in seine Nasenlöcher gebrannt hatte, nie wieder loswürde.

Dann kam dieser eine Tag, der eine wichtige Lehre für Jem in Sachen Vertrauen darstellen sollte.

Sie hatten sich einer Stadt genähert. An einem der Stadttore hatte eine Verlautbarung des Statthalters gehangen. Jedem sogenannten Prediger, Pilger und Medium war der Zutritt zu dieser Stadt strengstens verboten. Jem hatte seinen Meister auf diese Nachricht aufmerksam gemacht. Aber der hatte nur mürrisch abgewunken und hatte die Stadt betreten.

Die Strafe war nicht so hart. Jem und der Prediger waren nackt durch die Stadt getrieben worden und durften sie danach nie wieder betreten. Aber der Vorfall hatte Jem endgültig bewiesen, dass mit seinem Meister etwas nicht stimmte.

In einem Waldstück, nicht unweit dieser Stadt, hatten sie ihr Lager aufgeschlagen. Jem war dabei, eine Suppe zu kochen. Der Topf stand auf dem Feuer und das Wasser köchelte schon leicht. Der Prediger nahm sich etwas von dem Wasser und rührte sich einen Schaum in einem verbeulten Blechnapf an. Er nahm sein Rasiermesser und begann, seine Glatze von ein paar Halmen grauen Haares zu befreien.

Jem schabte eine Karotte ab. Mitten in seiner Küchenroutine nahm er die Verlautbarung, die am Stadttor gehangen hatte, hervor und schmiss sie dem Prediger vor die Füße. „Lest", verlangte er laut.

Der Prediger reagierte nicht. Musste er auch nicht. Jem kannte die Antwort schon längst.

„Ihr könnt nicht lesen", sagte er und kippte das geschnittene Gemüse in den Topf. „Ihr habt mich angelogen", sagte er und suchte den kleinen Salzbeutel.

„Ich habe dich niemals belogen", antwortete der Prediger. „Ihr habt mir damals auf dem Pranger gesagt, dass ihr mich lehren wollt, wie die Welt beschaffen ist."

Jem war wütend. Viel zu lange schon hatte dieser Zweifel an ihm genagt. Nun verlangte er endlich Antworten. „Wie wollt ihr mich etwas lehren, wenn ihr noch nie ein Buch gelesen habt?"

„Bücher", der Prediger spuckte das Wort verächtlich in das Feuer.

Jem wollte es nicht hören. „Ja, Bücher. Aber nicht nur Bücher, die der Orden geschrieben hat. Was ist mit den Büchern anderer Gelehrter. Lügen etwa alle? Woher wollt ihr das wissen, wenn ihr euch nie mit den Gedanken anderer auseinandergesetzt habt?"

Aber der Prediger starrte stur weg und spuckte wieder aus. Dann sagte er aber doch etwas. „Ich habe dich niemals angelogen, Jem. Du verwechselst Glauben mit Wissen. Ich habe dir von der Beschaffenheit der Welt erzählt, von den Lügen des Ordens und von Gott. Als du ein Kind warst, hast du nur die Schatten von den Dingen gesehen, die wirklich sind. Ich habe dich aus der Höhle geführt, in das wirkliche Licht. Fort von den Höhlenwänden, wo du Schatten beim Tanzen beobachtet hast."

Jem nahm seinen Rucksack und kippte dessen Inhalt aus. Ganz oben auf dem Haufen lag das Buch über das Sonnensystem. Bei dem Anblick des Wälzers blieb dem Prediger zuerst der Atem weg: „Du hast es noch, dieses dämonische Lügenwerk?"

Jem nickte. „Ich habe es immer noch, ja. Zuerst wollte ich es auch wegwerfen, so wie ihr es mir aufgetragen habt. Nur konnte ich es nicht." Der Prediger war wütend geworden. „Du hast mich verraten mit deiner schändlichen Tat." Er ging um das Feuer herum und packte Jem an der Schulter. „Du bist immer noch ein verblendetes Kind." Jem schob die Hand seines alten Meisters von sich. Er hob das Buch hoch. Es war feucht von der Erde, auf der es gelegen hatte.

„Ihr irrt euch, Meister. Ich habe euch geglaubt und tue es auch jetzt noch. Nur will ich wissen, wie diese Welt funktioniert. Warum sie so aufgebaut ist? Ich habe so viele Fragen. Was befindet sich außerhalb dieser Kuppel, die unsere Welt ist? Es muss noch andere Erklärungen geben als Dämonen und heilige Wesen."

Der Prediger war auf einmal ein müder, alter Mann.

„Du hast recht. Ich weiß gar nichts. Ich habe nur meinen Glauben. Ich weiß nicht, was Vögel und Sterne am Himmel hält. Bei allen Heiligen, ich weiß auch nicht zu sagen, warum ich sprechen kann. Ich habe bis zu meinem sechzehnten Lebensjahr nur die Wiesen und Äcker meiner Familie gesehen. Bis dann dieser Pilger in unser Dorf kam. Er öffnete mir die Augen. Er lehrte mich das, was ich dich gelehrt habe. Dieser Mann hat mich erleuchtet, mir den Glauben gegeben. Schade, dass es mir bei dir nicht gelungen ist, Jem.“

Jem sah auf die Dampfwolken, die aus dem Topf stiegen. „Diese Suppe koche ich euch noch. Dann verlasse ich euch.“

Ohne bestimmten Grund verließ Jem die Länder des Ordens. Gerade waren andere Erdteile entdeckt worden. Orte, die jenseits des Horizonts zu liegen schienen. Jem machte sich dorthin auf. Er kam in einer Stadt mit einem großen Hafen an. In einem Land, wo der Sommer niemals zu Ende ging. Jem hatte Angst gehabt vor Geschichten, die ihm noch in seiner Heimat zu Ohren gekommen waren. Geschichten von Menschenfressern, deren Körper mit drahtigem Fell bewachsen waren. Von solchen Menschenfressern bekam Jem während seiner Reisen keinen zu Gesicht.

Vielleicht lag es daran, dass diese, während Jems Überfahrt, ihre Ernährung auf das bunte Obst, den Fisch und grellfarbene Gewürze umgestellt hatten, die Jem auf den Marktplätzen sah.

Was ihn aber am meisten überraschte, war, wie freundlich die Menschen zu ihm waren. Obwohl er ihnen genauso fremd sein musste wie dieses Volk ihm.

Die Menschen hier hatten eine braune Hautfarbe und waren kleiner als Jem. Wo er auch hinkam, begrüßten ihn freundliche Gesten. Wenn er dann signalisierte, dass er kein Wort verstand, dann mussten eben Hände und Füße reichen.

Er war noch nicht lange in einer Stadt, als er einen Ort entdeckte, der ihn mehr als alles andere faszinierte. Es war so eine Art Theater, das in einem Halbkreis geformt war. Von der Bühne aus, in der Mitte, stiegen die Ränge auf. Vom Rande dieses seltsamen Theaters aus meinte Jem, die Form eines menschlichen Ohres zu erblicken. In diesem Theater trafen sich die Bewohner der Stadt. Wieso, das war Jem zuerst nicht klar. Bei seinem ersten Besuch trat ein älterer Mann auf die Bühne und redete stundenlang. An anderen Tagen traten zwei Personen auf die Bühne, die dann in einem heftigen Tonfall miteinander redeten. Aber ohne sich zu streiten. An anderen Tagen trat ein Mann auf die Bühne und brachte eine Tafel mit. Das machten andere auch. Oft waren auf ihnen Zahlenkolonnen zu sehen, oder Karten von Landschaften. Mit der Zeit dämmerte es Jem, was das für ein Ort sein musste. Es war so etwas wie die Universität des Ordens in seinem Land. Nur war dies hier für das ganze Volk offen. Natürlich waren alle Lehrer Männer. Aber auf den Rängen saßen Frauen, Kinder und auch Sklaven. Die erkannte Jem an ihren Ketten.

Jeden Tag ging Jem nun hin. Von der ersten Veranstaltung bis zur letzten am Abend. Er widmete sich ganz dem Studium. Vieles von dem, was er dort lernte, war seinem Verständnis von der Welt fremd.

Sie glaubten an eine geflügelte Schlange als ihre Gottheit. Auch sah er Pläne von seltsamen

Maschinen, die er nie ganz verstehen sollte. Er bekam keine Beweise für seinen Glauben, dass sie das Innere der Erde bewohnten. In der Tat vertraten deren Gelehrte ein ähnliches Modell des Sonnensystems wie die des Ordens in seiner Heimat. Nur war bei ihnen die Sonne in der Mitte und nicht die Erde. Bald kamen wieder Zweifel an seinem Glauben, die ihn deprimierten.

Er überlegte schon, nach Hause zurückzukehren. Als sein Schicksal wieder eine Wende nahm. Der Gelehrte, der heute sprach, zeigte eine Darstellung von einem fremden Apparat. Weil Jem die Sprache schon recht gut kannte, verstand er, dass es eine alte Zeichnung aus einem Tempel war.

Darauf war ein Mann zu sehen, der einen Stab von seinem Auge weghielt. Die andere Spitze des Stockes war auf die Sterne gerichtet. Ein Stern war deutlicher zu sehen als andere. Seine Gestalt war besonders betont worden in dieser Zeichnung aus alter Zeit.

 Der Gelehrte sprach davon, dass diese Darstellung wohl einen Navigator zeige, der mit Hilfe seines Stabs und mit Hilfe der Sterne einen Weg berechnete. Seltsam fand er, dass dieser Stab hohl war. Er trat zu der Bühne, um seine Neugier zu befriedigen, und bat den Gelehrten um Erlaubnis, das Bild genauer zu studieren. In der Tat schien der Mann durch den Stab hindurch die Sterne zu betrachten. Jem hatte Seefahrer gesehen, die mit Hilfe der Sterne ihren Kurs bestimmten.

Auf dem Bild war aber kein Schiff zu sehen. Jem nahm sich ein Glas Wasser und hielt es gegen die Zeichnung, um das Bild zu vergrößern. Ein Trick, den er sich von den Bewohnern der Stadt angeeignet hatte. In dem verzerrten Bild, das er im Wasser sah, kam ihm ein Gedanke. Was, wenn dieser Stab die Sterne vergrößern könnte? Er wusste von speziell geschliffenen Glaslinsen in seiner Heimat, die Menschen mit schwachem Augenlicht benutzten, um besser lesen zu können.

Die Idee elektrisierte ihn. Anscheinend hatten die Vorfahren der Bewohner der Stadt solche Apparate entwickelt, mit denen man ferne Gestirne beobachten konnte.

Jem musste in seine Heimat zurückkehren. Er glaubte, eine Möglichkeit gefunden zu haben, seinen Glauben zu beweisen.

Einige Jahre, nachdem er zurück war in den Ländern des Ordens, ging er von Stadt zu Stadt, um die Menschen von seinem Plan zu überzeugen. Es dauerte nochmal Jahre, bis er dachte, dass er genug Gehör gefunden hatte.

Er schlug ein Lager auf einem Berg auf. Er hatte errechnet, dass der Umfang der Welt nur 750 Meilen groß war, auf der Hülle. Die Astronomen des Ordens dachten dagegen, dass die Erde eine Abertausende von Meilen messende Kugel sein sollte. Wenn Jem recht hatte, musste es möglich sein, auf einem möglichst hohen Punkt, einem Berg, durch den Hohlraum der Erde zu sehen und einen markanten Punkt auf der anderen Seite der Hülle auszumachen. Einen anderen Berg zum Beispiel. Jem hatte auf seinen Reisen einen solchen Berg gefunden.

Er war perfekt, denn er war ein Vulkan. Sein Feuer musste, ähnlich wie die Sterne, bei Nacht durch seinen Apparat deutlich zu sehen sein. Er nannte es Fernrohr.

Als es so weit war, kamen auch Mönche des Ordens. Aber nicht, um seinen Plan zu vereiteln.

Verhaftet werden sollte er für seine Theorien erst dann, wenn er sich in ihren Augen lächerlich gemacht hatte.

In der Nacht sah Jem durch sein Fernrohr. Was sah er?

Er sah keinen Vulkan. Sondern die Ringe des Saturn, die er laut seiner Lehre gar nicht sehen durfte.

Der Kerker, in den man ihn steckte, war gar nicht so ungemütlich. Er war sauber, und Jems Bank war halbwegs bequem. Ein metallenes Klicken gemahnte ihn, dass Besuch bevorstand. Ein Mann, in der Kleidung des Großinquisitors, betrat den Kerker. Er trug einen tiefblauen Wams und einen blauen Umhang. Auf der Brust und auf dem Umhang konnte man das Ornament des Ordens des offenen Auges sehen. Hinter dem Großinquisitor stand, etwas verloren, eine Wache. Der Ordensmann sah sich in dem Raum um und räusperte sich. Die Wache, deutlich eingeschüchtert von der Autorität des Mannes, fragte vorsichtig: „Ja Herr?"

„Bringt mir einen Stuhl. Ich will hier nicht im Dreck sitzen." Jem sah sich um und dachte, hier ist es sauberer als in meinem alten Zuhause. Der Großinquisitor setzte sich und zog seine Handschuhe aus. „Ich muss euch das einfach fragen. Wie seid ihr auf die Idee gekommen, wir würden uns im Inneren der Erde befinden."

Jem hatte schon genug Spott ertragen müssen. Auch dieser mächtige Mann konnte ihn nicht einschüchtern. „Wenn ihr ein Geständnis wollt, kann ich euch auch nur das sagen, was ich euren Lakaien sagte. Ich widerrufe nicht."

In den Augen des Großinquisitors blitzte es spöttisch auf. Was seiner arroganten Fassade einen weiteren Anstrich gab. „Das mutet mir Respekt ab."

Ach ja, dachte Jem. So siehst du aber nicht aus.

„Seht, ich bin in meiner Routine mit Leuten eures Schlages bestens vertraut. Mit Fanatikern genauso wie mit Verrückten. Wobei die Grenze zwischen diesen beiden Kategorien doch sehr fließend ist, muss ich zugeben. Aber ihr scheint mir keine von beiden zu sein. Ihr scheint mir ein Mann der Argumente zu sein und nicht des blinden Glaubens.“ Der Mann des Ordens wartete auf eine Reaktion und zuckte dann mit den Schultern. „Was mich zu eurem erstaunlichen Apparat führt. Ich habe gehört, mit dem sind weit entfernte Orte deutlich zu sehen, das ist erstaunlich. Wie war der Name eurer Erfindung?“

„Fernrohr“, knirschte Jem hinter seinen Zähnen hervor.

„Passender Name“, lobte der Großinquisitor.

Was wollte er, wollte er sich lustig machen? Jem glaubte nicht, dass ein hohes Mitglied des Ordens, so ein sadistisches Verlangen haben könnte.

Plötzlich veränderte sich die Stimme des Ordensmitglieds.

„Was wäre, wenn ich euch sagen würde, dass ihr recht habt. Das wir wirklich im Inneren der Erde leben."

Jem war sich seiner Gedanken nicht mehr so sicher. „Seid ihr betrunken?", fragte Jem, um ihn zu reizen. Er blieb aber ernst. So ernst wie ein Mann es nur meinen konnte. „Ich verstehe das nicht", sagte Jem. Der Großinquisitor hob seine Hand. „Ich will euch nicht quälen. Was ich euch jetzt sage, wissen nur die wenigsten. Ihr seid auf ein Geheimnis gestoßen, das unbedingt gewahrt werden muss. Wir, der Orden des Auges, bewachen das Wissen um dieses Geheimnis."

„Dass wir in der Erde leben, meint ihr, ist das Geheimnis. Es ist also wahr, ihr verheimlicht uns die Wahrheit." Jems Herz begann wieder zu klopfen wie damals. Statt einer Antwort, stand der Großinquisitor von seinem Stuhl auf.

„Ich kann es auch zeigen, wenn ihr wollt." Er klopfte an die Tür. „Der Gefangene kommt mit mir", sagte er der Wache. Jem wurde aus dem Kerker geführt und im Verlies zu einem anderen Zimmer gebracht. Es war vollkommen leer. „Bitte erschreckt nicht", sagte das Ordensmitglied.

Jem hörte ein leises Summen. Aus dem Boden erhob sich etwas. Es war eine Art Kasten, der groß genug war, um Menschen darin zu transportieren. Jems Begleiter machte eine einladende Geste, als wäre es eine Kutsche, die vor ihnen wartete. Beide stiegen ein und der Kasten schloss sich.

„Die Welt, die ihr kennt, ist nur eine Attrappe. Eine Kulisse, wenn ihr so wollt.“

Die Worte des Großinquisitors erinnerten Jem an seinen alten Meister. „Wie die Schatten, die die Dinge werfen, die wirklich sind“, murmelte er.

„Eure Erfindung hat uns vor ein großes Problem gestellt. Wir haben uns entschieden, euch in das Geheimnis einzuweihen.“

Die Kabine ging auf. Zuerst sah Jem nur Dunkelheit. Dann gewöhnten sich seine Augen an die Dunkelheit und ein Licht machte sich bemerkbar. Es war das Licht der Sterne. So intensiv, wie er es noch nie zuvor gesehen hatte. Er ging ein paar Schritte. Dann stand er vor einer mannshohen Scheibe, die leicht gebogen wie eine Kuppel war. Sterne zogen in atemberaubender Geschwindigkeit vorbei.

Jem glaubte, in den Kosmos zu fallen. „Ich muss euch ein Geständnis machen. Ich habe erneut gelogen. Wir leben nicht in einem Planeten. Wir leben in einem Schiff."

„In einem Schiff", wiederholte Jem.

Der Großinquisitor trat auch an die Scheibe. „Wir fliegen gerade durch das Universum. Wir wissen nicht, wer dieses Schiff gebaut hat, oder was wir Menschen darauf zu suchen haben. Die Wahrheit hinter dem Orden ist, dass einige Eingeweihte über dieses Schiff Bescheid wissen, sie versuchen mehr daraus zu lernen. Wir lernen die Technik kennen, versuchen, das alles zu verstehen."

Jem lehnte sich mit einer Hand gegen das Glas, weil ihm schwindlig wurde.

„Wollt ihr das Innere des Schiffes sehen?", wurde Jem gefragt. Wie von Geisterhand erschien in der Mitte des Raumes eine Darstellung der Erde. Es war fast, wie der Prediger geglaubt hatte. Die Kontinente lagen auf der Innenseite der Hülle. Jem konnte

Berge sehen, die wie seltsam gefaltete Pyramiden
aussahen. Über ihnen zogen Sonne, Mond und die
Planeten hinweg. Jem streckte die Hand aus und
wollte die Äpfel der großen Sonne berühren. Seine
Finger glitten durch die Illusion. „Warum sagt ihr es
den Menschen nicht? Warum lässt ihr sie im
Ungewissen?“

„Weil wir die Menschen schrittweise darauf
vorbereiten wollen. Der Orden weiß selbst nicht,
wozu dieses Schiff gebaut wurde. Was passiert,
wenn wir ihre kleine Vorstellung von der Welt
zerstören? Dieses Risiko wollen wir nicht eingehen.“

Jem sah wieder zu den Sternen hinaus. Er fühlte,
dass sein ganzes Wissen nutzlos geworden war.

„Was soll ich nur machen?“, fragte er. Der
Großinquisitor trat an ihn heran. „Tretet in den
Orden ein. Helft uns, mehr Wissen zu sammeln und
zu verstehen.“

Jem stimmte zu. Und seine Reise ging weiter.